ZUMBI

Joel Rufino dos Santos

© Joel Rufino dos Santos, 2005

1ª Edição, Global Editora, São Paulo 2006
9ª Reimpressão, 2023

Jefferson L. Alves – diretor editorial
Gustavo Henrique Tuna – gerente editorial
Flávio Samuel – gerente de produção
Saulo Krieger – revisão
Claudia Furnari – capa e projeto gráfico
Rogério Borges – ilustrações

Dados Internacionais de Catalogação na Publicação (CIP)
(Câmara Brasileira do Livro, SP, Brasil)

Santos, Joel Rufino dos.
  Zumbi / Joel Rufino dos Santos ; ilustrações de Rogério Borges. –
1. ed. – São Paulo : Global, 2006.

  Bibliografia.
  ISBN 978-85-260-1092-5

  1. Brasil – História – Palmares, 1630-1695 (Ensino
Fundamental). 2. Zumbi, m. 1695. I. Borges, Rogério. II. Título.

06-1366   CDD-372.89

Índices para catálogo sistemático:
1. Brasil : Escravos revolucionários : História : Ensino fundamental   372.89

Obra atualizada conforme o
NOVO ACORDO ORTOGRÁFICO DA LÍNGUA PORTUGUESA

Global Editora e Distribuidora Ltda.
Rua Pirapitingui, 111 – Liberdade
CEP 01508-020 – São Paulo – SP
Tel.: (11) 3277-7999
e-mail: global@globaleditora.com.br

- globaleditora.com.br
- @globaleditora
- /globaleditora
- @globaleditora
- /globaleditora
- /globaleditora
- blog.grupoeditorialglobal.com.br

Direitos reservados.
Colabore com a produção científica e cultural.
Proibida a reprodução total ou parcial desta
obra sem a autorização do editor.

Nº de Catálogo: **2711**

Aos palmarinos

Mãe Hilda
Olympio Serra
Zezito Araújo
Marcos Terena
Bete Capinam

SUMÁRIO

Angola Janga   9
Zumbi dos Palmares   30
Trezentos anos depois   56
Palmares e o mundo do açúcar – Mapa   71
Glossário   72
Bibliografia   74
Créditos das fotos e mapas   79

ANGOLA JANGA

Esta história começou há mais de cem anos.
Numa noite qualquer do ano de 1597, quarenta escravos fugiram de um engenho no sul de Pernambuco. Fato corriqueiro. Escravos fugiam o tempo todo de todos os engenhos. O número é que parecia excessivo: quarenta de uma vez. Fora também insólito o que fizeram antes de optar pela fuga coletiva: armados de foices, chuços e cacetes, haviam massacrado a população livre da fazenda. Já não poderiam se esconder nos matos e brenhas da vizinhança — seriam caçados furiosamente até que, um por um, tivessem o destino dos amos e feitores que haviam justiçado.

De manhã, certamente, a notícia correria a Zona da Mata — essa formidável galeria verde que, salpicada de canaviais, a uns 10 quilômetros do mar, o acompanha sem nunca perdê-lo de vista. Tinham a liberdade e uma noite para agir.

Havia umas poucas mulheres, um ou outro velho e diversas crianças, mas o grosso eram pretos fortes, canelas finas e magníficos dentes. Escolheram caminhar na direção do sol poente, um pouco para baixo. Com duas horas compreenderam que jamais qualquer deles havia ido tão longe naquela terra. Mesmo os *crioulos*, nascidos aqui, desconheciam o pio daquelas aves, nunca tinham visto aqueles cipós. Andaram toda a noite e a manhã seguinte; descansaram quando o sol chegava a pino; contornaram brejos e grotões, subiram penhascos e caminharam, um a um, na beirada de feios precipícios.

Se passou ainda uma noite. Eram observados, mas não tinham qualquer medo de índios. Então, na vigésima manhã se sentiram seguros. De onde estavam podiam ver perfeitamente quem viesse dos quatro cantos; com boa vista podia mesmo vislumbrar o mar, além das lagoas. A terra, vermelho-escura, esboroava* ao aperto da mão. Ouviam águas correndo sobre pedras. E havia palmeiras, muitas palmeiras.

APANHAR E FUGIR

Por que escravos fugiam?

A fuga era *a única maneira de recuperarem a sua humanidade* — esta é a melhor resposta que conheço.

Quando Charles Darwin, o pai da teoria da evolução das espécies, esteve no Brasil, em 1831, muita coisa, naturalmente, o impressionou: a variedade de pássaros, frutas e aranhas, por exemplo. Ocorreu até mesmo um episódio insólito: faminto, Charles ajudou um vendeiro, em Maricá, a caçar um frango a pedradas. Foi no entanto a escravidão — que só conhecia esporadicamente — o maior choque que levou. Para ser exato: *a transformação, pela escravidão, de uma pessoa em coisa*. Foi o caso que a comitiva de Charles ia atravessando um rio quando um negro deixou afundar uma mala. O cientista o repreendeu, gesticulando. Automaticamente, o negro arriou os braços e, com pânico nos olhos, apresentou a cara para ser esbofeteado.

O negro africano, antes de vir escravo para a América, era um ser *inteiro*: corpo e alma livres. Os escravistas não tinham interesse na sua alma — ou na sua cultura, se se preferir. Queriam apenas o seu corpo. A religião, a língua, a arte, a ciência, os costumes, nada disso interessava. Como os próprios escravistas se habituaram a dizer, queriam daquele imenso continente — *Bilad es Sudan*, Terra dos Pretos — apenas "fôlegos vivos".

Para os escravistas, a cultura dos africanos era um luxo desnecessário. Eles a admiraram primeiro, depois a desprezaram. Mais do que um luxo, era

---

* As palavras marcadas com este sinal são definidas no glossário, no final do livro.

Os ritos religiosos inserem o indivíduo em sua comunidade, narrando a história do mundo e das tradições de seu povo. Festa de Xangô, em São Paulo.

um estorvo à escravidão dos africanos, pois ela é que os mantinha como *seres inteiros* — incapazes, portanto, de gastar toda a sua energia no trabalho de graça para outrem.

Para ter o africano como escravo, era preciso lhe suprimir a cultura — a alma — transformando-o em bicho ou coisa. Tiravam-lhe o nome tribal, impunham-lhe outro, português; proibiam-lhe a religião ancestral, forçavam-no a aceitar a de Cristo. Como isso não bastasse, os escravistas completavam o serviço com a pauleira.

A pauleira começava tão logo o africano era capturado ou comprado do chefe tribal (*soba*). O tráfico negreiro era, como todo grande negócio, complicadíssimo. Havia, por exemplo, várias maneiras de *conseguir* africanos. Comprar de um *soba*, de uma espécie de rei (*obá*), ou de um rei propriamente dito eram as maneiras mais usuais. O negro apanhava durante a comprida viagem até o litoral. Apanhava no depósito mantido pelos agentes (*pombeiros* ou *tangomaos*, assim se chamavam). Apanhava no convés dos navios, durante a travessia do Atlântico (cerca de três meses). Apanhava no mercado, à espera dos fazendeiros compradores. E seguia apanhando durante toda a sua existência de escravo.

Não lhe batiam por maldade, embora isso também ocorresse. A finalidade era esvaziá-lo da parte propriamente humana que todos os homens possuem — e são homens precisamente porque a possuem. Assim *coisificado*, o negro africano estava pronto para ser escravo, como aquele estouvado carregador que deixou afundar a preciosa mala de Charles e não imaginou como consequência senão um par de bofetadas.

No mesmo diário em que conta esse fato, o criador do *evolucionismo* fala de uns negros aquilombados. Era pela altura de Itacaia (hoje Itaquera),

perto de uma gigantesca pedra. Contaram-lhe que capitães do mato deram batidas, cercaram os pretos, e uma mulher, ante a captura inevitável, se atirou lá de cima. "Se se tratasse de alguma matrona romana" — conclui Charles — "esse gesto seria interpretado como nobilitante amor à liberdade, mas, numa pobre negra, não passava de simples caturrice de bruto." A escravidão era, num largo sentido, a morte da pessoa; a fuga era o caminho para retornar à vida — e uma vez fechado já nada mais importava.

Quis o destino que Charles Darwin fosse testemunha desses casos extremos[1]:

Não foi fácil a vida daqueles primeiros palmarinos.
O solo era fecundo, o clima, agradável, boas as águas. Não sabemos ainda — talvez não saibamos tão cedo — em que ponto exato da Zona da Mata, entre as atuais cidades de Serinhaém (Pernambuco) e Viçosa (Alagoas), eles se estabeleceram. Mas esse quadrilátero verde, muitíssimo mais verde nos séculos passados do que hoje, seria por igual convidativo e bom.
As dificuldades nasciam da dúvida. Ir adiante ou ficar ali? Erguer casas e plantar roças ou se abrigar nas gretas e viver dos produtos da selva? De qualquer ponto em que estivessem, podiam ver a fumaça branca dos engenhos procurando o céu azul, o mundo do açúcar que tinham deixado e que, mais cedo ou mais tarde, viria buscá-los. Não tinham ânimo para cuidar de roças nem de gado, se contentando em colher e caçar, inseguros e provisórios.

Aconteceu cinco anos depois daquela noite de sangue.
D. Diogo Botelho, governador-geral, ordenou a um certo Bartolomeu Bezerra que marchasse contra "os negros alevantados de Palmares". Bartolomeu reuniu oficiais de guarnição, diversos senhores de engenho e uma pequena multidão daquilo que antigamente se chamavam pobres-diabos — mamelucos sem nome, pretos forros e índios catequizados que mandriavam* pelas ruas do Recife.
Cada qual tinha seus motivos para marchar contra os fujões. Os militares de carreira pensavam enriquecer o currículo, numa campanha

---

[1] Charles Darwin, *Viagem de um naturalista ao redor do mundo*, 2 vols. (Rio de Janeiro: Sedegra, s/d).

fácil; os senhores de engenho, recuperar suas "peças" e aniquilar o péssimo exemplo dado por aqueles negros aos demais; o resto — a escumalha,* no dizer da época —, apenas minorar um pouco, pela parte que lhes tocaria no butim,* sua implacável miséria.
Não deu certo essa primeira expedição — e mais de 40 se seguiram a ela em cem anos de guerra. Os palmarinos eram poucos, e o deserto, sem fim: bastava-lhes se embrenhar no mato, desaparecer nele. O comandante Bartolomeu voltou a Olinda com algumas presas, arrotando vitória, e por alguns anos as autoridades esqueceram aqueles negros.
Estava começando ali o mais notável episódio da história brasileira — cem anos de guerra — mas, como é frequente acontecer, os protagonistas não tinham como se dar conta de que assim era.
As autoridades se desligaram do problema; havia muitos outros, afinal, e aquele não prometia.
Foi quando numa luminosa manhã de fevereiro chegaram os batavos.*

O MUNDO DO AÇÚCAR

Durante dois séculos o Brasil foi o açúcar.

Para o açúcar nascemos e bem cedo ficou esquecida a madeira encarnada cujo nome servira para nos batizar. Para o açúcar era o trabalho, dele vinha a riqueza, e em volta dele giravam a alegria e a dor, o fingimento e as expressões sinceras.

Tinha o açúcar uma voraz fome de terras e trabalhadores. Terras era o que não faltava aqui: além dos pouquíssimos pontos povoados da costa, o Brasil era o *desertão* — e da corruptela dessa palavra é que virá esta outra: *sertão*. Com relação a trabalhadores, era o contrário: faltavam. Quando Pedro Álvares Cabral pisou aqui, havia cerca de 3 milhões de índios, é certo; só que índios não eram exatamente o tipo de trabalhador de que o açúcar precisava.

O açúcar precisava, em poucas palavras, de *trabalhadores treinados em grandes plantações sedentárias, resistentes e baratos*. Muitíssimo antes de o Brasil ser descoberto e conhecer o primeiro engenho de açúcar, qualquer europeu sabia muito bem que na África, e só na África, se encontravam trabalhadores assim.

O que um europeu comum talvez não soubesse explicar é *por que* o açúcar (e o tabaco e o algodão e qualquer outra grande lavoura instalada abaixo do Equador) exigia que esses trabalhadores africanos fossem *escravos*. Ainda hoje as razões desse fato histórico — a escravidão afro-americana — só podem ser alcançadas com um exercício de abstração. *Aquilo que os simples fatos não dizem* — eis o que chamamos de *abstração*.

Para começar: a escravidão afro-americana moderna desempenhou importante *função* no desenvolvimento do sistema econômico capitalista mundial. Foi o negro escravo que criou com seu trabalho — quase sozinho — a fabulosa massa de artigos tropicais que se pôs à venda na Europa durante três séculos, enriquecendo as classes dominantes de lá e de cá. Com seu trabalho e, completemos a fórmula, com sua pessoa, pois a compra e venda de africanos, também por três séculos, foi uma das principais fontes de acumulação de capital que pôs a Europa na dianteira da civilização ocidental. Sem trabalho escravo, não conseguimos ver como essas duas coisas teriam podido acontecer.

Não vemos, também, como poderia a Europa comprar o açúcar brasileiro, produzido em enormes quantidades, senão com essa *moeda viva* que era o escravo africano. Entregávamos açúcar, recebíamos escravos. Houve, naturalmente, além dessa, diversas outras razões para a escravidão brasileira, até mesmo a crença num absurdo: *os pretos africanos seriam, pela sua própria natureza inferior, destinados pela Providência a serem escravos dos brancos europeus*. Frequentemente a nossa espécie se inclina a crer em absurdos; e frequentemente essas crenças desempenham papel histórico.

Os compradores do açúcar brasileiro eram quase sempre

os vendedores de escravos ao Brasil — e, em destaque, capitalistas holandeses. Pode-se mesmo dizer, em suma, que sem os holandeses o Brasil não teria existido como tal. (Teria, no entanto, existido de outra maneira? Os historiadores, em geral, detestam perguntas assim. De minha parte, gosto particularmente desta, pois, como verão a certa altura deste livro, Zumbi dos Palmares só passa de vilão a herói se imaginarmos um *outro Brasil*.)

Portugal e Holanda eram, portanto, sócios e amigos na exploração do Brasil e da África: daqui tiravam açúcar; de lá, seres humanos. Vai que em 1580, a Espanha se apodera de Portugal e, por tabela, de seus domínios. A Holanda, arqui-inimiga da Espanha, vê ameaçados, repentinamente, seus excelentes e vitais negócios. Fez o que faria qualquer comerciante se lhe viessem tomar a loja: pegou em armas. Em 1624 os navios de guerra da West Indian — que se confundia com o próprio governo da Holanda — apareceram diante de Salvador. Em 1630, diante do Recife.

Esta *invasão* holandesa — ela duraria 24 anos — trouxe, está claro, inúmeras consequências. Afrouxou, por exemplo, a vigilância de ferro sobre os pretos escravos. Foi como um furacão que deixasse no seu rastro destruição e desordem.

Alguns negros aproveitaram para fugir; outros lutaram, à força ou seduzidos por promessas, junto com seus amos; terceiros decidiram ajudar o invasor.

Aquela guerra não era deles, mas isso não explica quase nada, pois no Brasil nenhuma coisa, absolutamente, era deles. Como eram diversas as situações que prendiam os escravos a seus senhores, diversas foram as atitudes que decidiram tomar — a favor, contra ou *muito pelo contrário*, sem falar em atitudes que combinavam as três. (Quando eu era estudante, se usava em química o conceito de *valência*, que vem a ser o número de átomos de hidrogênio necessário para realizar combinações com átomos de uma substância simples ou com um grupamento funcional qualquer. Dependendo dos elementos com quem estava em contato, o escravo negro tinha esta ou aquela *valência*.)

O AVESSO DE ZUMBI

Foi Henrique Dias — moço fidalgo, mestre de campo, cavaleiro da Ordem de Cristo, cabo e governador dos crioulos, negros e mulatos do Brasil — o mais famoso negro a lutar pelos senhores brancos contra o invasor holandês. Esses pomposos títulos, uma aposentadoria de quarenta cruzados na velhice (uns 600 reais, hoje) e o retrato na galeria dos "heróis da pátria" foram o seu prêmio.

Por que escolheu Henrique esse caminho?

Bem, para começar, ele não o escolheu sozinho. Quando começou a guerra, Dias se apresentou à frente de um bom número de pretos, alguns já libertos, ao comandante da resistência, general Matias de Albuquerque: queriam combater por Pernambuco. O batalhão de pretos, aumentando e diminuindo ao sabor dos combates, ficou batizado de *Os henriques*, fazendo toda a guerra, até ao último dia. O próprio Henrique Dias foi ferido oito vezes e ganhou fama de supercombatente, depois que largou a metade de um braço na batalha de Comandituba.

Até a Independência, existiram no Brasil terços* exclusivamente de soldados e oficiais pretos, chamados *henriques*, e isto foi, sem dúvida, o maior reconhecimento à forte personalidade da criatura que no distante ano de 1633 procurou os amos em perigo para oferecer sua capacidade de matar.

Henrique Dias era filho de escravos libertos, possuía alguma instrução e escrevia muito bem:

> *"Se se enfadarem"* — *escreveu ele um dia ao inimigo holandês* — *"de estar encurralados nesse Recife, e quiserem sair a espairecer, e dar uma saída cá por fora, livremente podem fazer, e aqui os receberemos com muita alegria, e lhes daremos a cheirar as flores que produzem e brotam os nossos mosquetes."*

Pretos como ele, livres, corajosos e letrados, não tinham qualquer chance na sociedade colonial escravista. Ou melhor, tinham uma: alugar suas armas aos donos da vida, ainda que esse aluguel viesse embelezado por "amor à terra", "obediência à lei" e coisas assim. Henrique Dias se ofereceu diversas vezes, aí por volta de 1640, para arrasar quilombos do interior da Bahia (nessa época, o seu terço, mais o de índios, estavam aquartelados em Salvador, já que os holandeses haviam tomado Pernambuco). Naqueles anos ele fez com seus soldados pretos uma expedição contra os pretos de Palmares. Foi derrotado.

Na biografia de Henrique Dias há outro fato notável.

Sentindo a guerra quase perdida, os holandeses começaram, a partir de 1647, a trazer guerreiros do Congo. Havia negros e índios do seu lado — mais

Paisagem vista de um mirante construído na serra da Barriga.

índios, na verdade, do que negros; mas eram daqui e inspiravam pouquíssima confiança nas horas decisivas. Experimentariam africanos. Não deu certo. Por motivos que podemos imaginar — e sem imaginação é impossível aos historiadores costurarem os fatos conhecidos —, esses guerreiros congoleses fugiam para os matos próximos da base holandesa.

Eram um prato feito para os comandantes luso-brasileiros que cercavam a cidade com suas tropas. Os congoleses eram capturados como se capturam preás e incorporados como escravos ao plantel daqueles comandantes. Henrique Dias fez, dessa maneira, seu pé-de-meia.

Que tem a ver com Palmares — se perguntaria o leitor — esse valoroso Governador dos Crioulos, Negros e Mulatos do Brasil?

Henrique Dias e sua gente são o antipalmares: o avesso. Eram pretos, mas serviram diligentemente aos amos, até mesmo combatendo os que se insurgiram contra a escravidão de que eram todos vítimas, inclusive o próprio liberto Henrique. Cuidado, porém: eles não fizeram opção consciente de ser o antipalmares. Provavelmente esse dilema não lhes passava pela cabeça. Hoje, mais de trezentos anos depois, é que podemos ver as opções à sua disposição e discutir as suas escolhas.

Para si próprios, os *henriques* eram pessoas. Para nós é que são emblemas. Não se estuda história para julgar, mas para compreender.

O MUNDO DOS NEGROS

Quando começou a guerra entre holandeses e portugueses, em 1630, já eram três as aldeias no cocuruto de uma serra majestosa e azul a distância.

A serra se chama, até hoje, da Barriga. Talvez por parecer grávida a quem vem de Maceió, pelo vale do Mundaú, 80 quilômetros entre canaviais; talvez por outra razão qualquer que o tempo esqueceu. No alto se encontra uma infinidade de frutas: limas, jacas, frutas-pão, abacates, araçás, ingás, buritis, pitangas, graviolas... No tempo de Palmares seriam muito mais variadas as espécies: não chegara a cana devorando a terra escura. Rivalizando com as palmeiras, subiam para o céu claríssimo sucupiras, putumujus, tatajubas, louros, piningas, embiras... Nos matos, que a cana engoliu mais tarde, urravam onças pintadas, maracajás, raiados, jaguatiricas; sobravam famílias de quatis, guaxinins, cassacos, veados, guarás... E peixes? E pássaros? De muitos só restou o nome, na lembrança dos velhos ou nas páginas farelentas dos documentos históricos.

No cocuruto da Barriga, no meio da selva e dos bichos, ficavam as três aldeias. Seus moradores as chamavam *Angola Janga*, que quer dizer, em quimbundo, uma das línguas faladas até hoje em Angola, "Angola Pequena".

Podemos, se é a nossa vontade, visitar a primeira delas. É de manhã e encontramos uma multidão de pretos lavrando pequenas roças de feijão, milho, mandioca, batata, legumes e... cana-de-açúcar! Nem aqui dela se escapa, os pendões verdes agitados à brisa da serra. Até avistarmos as primeiras casas, andaremos uma hora e meia por entre essas glebas cultivadas, esses negros debruçados.

Veremos, de súbito, uma cerca de 3 metros, paus enormes amarrados com embiras. Um só portão, largo e pesado. Do lado de dentro, um sentinela, armado de lança e arco, nos servirá de guia. Devemos, daqui por diante, pisar rigorosamente onde ele pisa, ou acabaremos empalados num desses estrepes* agudos que não vemos — mas que estão lá, no fundo de buracos camuflados. Uns 300 metros depois, outra paliçada e a mesma muralha compacta de paus a pique, idêntico portão de maçaranduba, duro como ferro.

Onde estarão as casas? Só as veremos depois de transpor, uns 500 metros adiante, a última fortificação. São de pau, cobertas com folhas de palmeiras; e se alinham numa comprida rua de 1 quilômetro por 3 metros de largura. Fina como cobra, não se enxerga o seu fim, enfiada no mato. Mas há uma praça, um ponto em que as cubatas (casas) se afastam para surgir uma casa-grande, sempre de pau e palmeira: aí se reúne o conselho do quilombo. À sua direita, um galpão, sem paredes: o mercado. Mais além, oficinas de artífices. À esquerda, a capela e a enorme cisterna.

Moram e trabalham aqui perto de mil negros.

As outras duas aldeias são também assim. Quando chegaram os batavos, como um maremoto, a Angola Pequena abrigava, portanto, cerca de 3 mil negros, índios e alguns brancos. Haviam passado 33 anos desde que aquele punhado de rebeldes incendiou a fazenda e se largou pelo mato. Nos primeiros tempos, muitos fujões haviam enfrentado o sertão terrível para se juntar a eles. Vinham geralmente sós, incertos, porventura, do futuro.

Agora que povoados e canaviais ardiam de manhã à noite, sob o fogo dos canhões, começavam a chegar em bandos. E na certa, querendo recomeçar a vida. Os mais antigos se sentiam seguros e definitivos, no interior de suas formidáveis paliçadas, na mornidão de suas cubatas de sapé.

UM ERA O CONTRÁRIO DO OUTRO

A invasão holandesa, fazendo tremer o mundo do açúcar, estimulou o crescimento de Palmares. O crescimento de Palmares acabou por incomodar profundamente o domínio holandês. Tais são as peças pregadas pela história.

Aí por 1640, a confiar nas cifras holandesas, viveriam já, nos *Palmares Grandes* e nos *Pequenos*, quase 10 mil quilombolas. Não eram só negros fugidos, havia um número indefinido de índios — que devia ser alto, a crer nas reclamações dos padres — e muitos brancos. O que levava índios a se juntarem a pretos rebeldes, se pode com facilidade imaginar. Mas, e brancos livres?

Na sociedade colonial escravista, os lugares estavam fixados de antemão. Pretos eram escravos, índios eram servos, e brancos — por definição — eram livres. Havia as exceções, naturalmente; como sempre, a vida era pródiga em desarrumar o que a tradição e a inércia haviam estabelecido como eterno. Alguns pretos e índios se tornaram senhores, amos insólitos e precários da sua própria gente. Por outro lado, diversos brancos perdiam a identidade e a honra, nivelando-se com *cafres* e *bugres*, como eram chamados, entre dentes, os pretos e os vermelhos. Bem, a identidade e a honra, no mundo do açúcar, vinham da propriedade da terra. "Homens bons" é como se intitulavam os donos de terra.

Palmares estava situado na borda do mundo do açúcar. Distava, em média, uns 80 quilômetros do cordão litorâneo de engenhos — os burgos de

---

O trabalho comunitário continua sendo um instrumento de resistência a sistemas econômicos que geram pobreza e exclusão. Construção de casa em mutirão em Heliópolis, São Paulo.

Serinhaém, Penedo, Porto Calvo e Alagoas, atual Maceió. O mundo do açúcar e Palmares eram como duas nações vizinhas — e inimigas. Na verdade, não duas nações completas, mas embriões de nações. Uma era a negação da outra, como são os sinais de + (mais) e – (menos), em matemática: no espaço brasileiro só um deles caberia.

Palmares era, de fato, o contrário do mundo do açúcar?

A escassez dos engenhos de açúcar, em que até os proprietários comiam mal (pois a cana ocupava todas as terras e todos os braços), contrastava com a fartura dos palmarinos, que plantavam de tudo. Por isso, seus guerreiros, suas mulheres e suas crianças sempre pareceram, aos próprios inimigos, mais fortes e contentes.

A cana-de-açúcar tinha uma servidão: o mercado externo. E apostava uma corrida contra o relógio: produzir o máximo no menor tempo. Em Palmares, ao contrário, o objetivo do trabalho agrícola era a alimentação dos quilombolas; só se vendia o que excedesse a ela, só se comprava o que a terra não desse. Sua única servidão era a sua necessidade.

No mundo do açúcar a terra servia para muita coisa. Dela se extraía a riqueza, em forma de cana; dela se fazia dinheiro, quando vendida; e na sua posse, enfim, se baseava o prestígio e a força. A posse da terra em Palmares, por contraste, tinha função exclusivamente utilitária: era de quem estava produzindo alimentos naquele momento, não servia para transações, nem conferia poder (somente os maiores chefes militares e políticos tinham quem lhes cultivassem as roças, obrigatoriamente).

Esse sistema de posse *útil da terra* impediu, em Palmares, o nascimento de classes e desníveis sociais. O rei e seus familiares simbólicos — mãe, pai, irmãos, tios e primos — gozavam de certos privilégios, é verdade; mas eram privilégios do cargo, para o qual eram eleitos e do qual podiam ser afastados por decisão de uma assembléia geral de todos os quilombolas. Que privilégios eram esses?

Até onde sabemos — e a tendência é sabermos cada vez mais — cada família palmarina, de sangue ou adotiva, ocupava um lote de terra. O que tirava daí era para seu sustento; o excedente era recolhido aos armazéns do mocambo, para prover situações de emergência ou de calamidade (um incêndio de roças ateado pelo inimigo, por exemplo).

O rei, no entanto, e talvez alguns de seus "familiares" possuíam diversos lotes, onde se trabalhava obrigatoriamente, por turmas. (Convém lembrar o que vem a ser parentesco simbólico. Zumbi, por exemplo, era "sobrinho" de Ganga Zumba e do presidente do Conselho, Ganga Zona, e "irmão" de Andalaquituche, chefe de um mocambo localizado a 150 quilômetros a noroeste da atual Maceió. Estes não eram seus parentes reais, os quais, até hoje, desconhecemos. Eram adotados, por motivos afetivos e políticos; como era comum na África, aliás.)

Outro privilégio dos chefes palmarinos era ter várias esposas, quantas pudessem sustentar — e com o produto de suas roças eles podiam, naturalmente, sustentar muitas. A riqueza, assim, se media em número de esposas: elas indicavam a *capacidade de sustento* do chefe. (Entre os índios e, durante muito tempo, também entre os bandeirantes paulistas, a riqueza se media em arcos. Se dizia, por exemplo: "A fortuna de Raposo Tavares é de 200 mil arcos", significando que em caso de guerra ele podia contar com um exército de 200 mil índios. Como no caso de Palmares, não era em dinheiro que se avaliava uma riqueza; muito menos em terras ou escravos, como no mundo do açúcar.)

Chamamos de *poligamia* o costume de manter várias esposas. Ela vigorava para os chefes, como sinal e prática de poder. No entanto, em Palmares, sobretudo nos cinquenta primeiros anos, as mulheres eram poucas — tanto que, em diversas ocasiões, os quilombolas organizaram expedições aos engenhos para capturar mulheres pretas, índias e brancas. Pois bem: a necessidade forçou as poucas mulheres palmarinas a se *casar* ao mesmo tempo, com vários homens, o que se chama *poliandria*.

Talvez o sistema seguido então (mas não se tem certeza) haja sido o tradicional africano. A mulher mora numa cubata, sendo visitada por cada um dos seus maridos durante certo tempo (por exemplo, cada marido coabita com ela por um mês). A escolha do marido e a determinação do tempo de coabitação são privilégios da mulher. (Aliás, também o casamento de uma mulher com um homem polígamo só pode ser rompido pela mulher; o homem, por sua própria vontade, é que não pode desfazer um casamento com uma de suas esposas.)

Em Palmares, em suma, a poligamia era um privilégio dos chefes; a poliandria, uma necessidade dos quilombolas comuns.

O SONHO VIVIDO

Eis aqui os primeiros contrastes entre o mundo do açúcar e Palmares:

MUNDO DO AÇÚCAR	PALMARES
monocultura da cana	variedade de culturas agrícolas
escassez de alimentos	abundância de alimentos
produção para venda no mercado externo	produção para consumo interno
a terra era a base da riqueza	a terra só tem valor pela utilidade
sociedade dividida em classe e grande desnível social	sociedade não dividida em classes, sem desníveis sociais (apesar de certos privilégios concedidos aos chefes militares e políticos)

As diferenças entre esses dois embriões de nação — o mundo do açúcar e Palmares — que se defrontaram numa guerra total, durante cem anos, não acabam aí, porém.

A sociedade colonial escravista era, por definição, uma sociedade racista. É ingenuidade supor que os colonizadores portugueses procederam, nesse ponto, diferente dos ingleses, franceses e holandeses. Essa suposição acalenta o sonho dos brasileiros de hoje numa democracia racial que existiria aqui, mas não nos Estados Unidos e na África do Sul, por exemplo. Aquela suposição e esse sonho são bonitos, mas não passam disso.

Na sociedade colonial havia leis especiais para separar pretos, mulatos e brancos; como as havia, também, para proibir os primeiros de desempenhar funções públicas, religiosas e de honra. Os títulos que pessoas como Henrique Dias ganharam, por mérito e sacrifício, só lhes foram dados por determinação especial do próprio rei de Portugal.

Muito mais do que nas leis, entretanto, o racismo do mundo do açúcar está evidente na superposição da classe com a raça: branco é tudo que está por cima; não branco é tudo que está por baixo, pretos, mulatos, índios e caboclos aí incluídos. Só podia atingir o ponto máximo dessa sociedade quem fosse *branco, macho, dono de terra* e *senhor de escravos*.

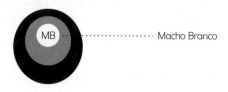

Imagine, em seguida, que outras personagens ocupem cada um desses círculos, orbitando em torno do *macho branco, dono de terras e senhor de escravos*:

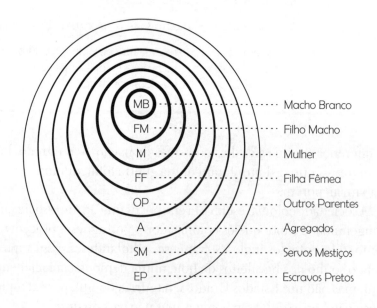

Essa é uma das representações gráficas possíveis da *família patriarcal brasileira* que existiu quase absoluta por três séculos. A sociedade colonial escravista foi apenas o retrato ampliado dessa família.

O Brasil mudou bastante, é verdade, nos últimos cem anos. A ideia que fazemos da nossa própria sociedade é, porém, a antiga: nossa visão reflexa é a de uma enorme família de 130 milhões de membros — *o macho branco no centro de tudo*. Mulheres, filhos e filhas, agregados, dependentes e empregados, mulatos, pretos e caboclos são — nessa visão reflexa — *antes de tudo* brasileiros. Sabemos que as posições deles são desconfortáveis e estão fixadas de antemão, mas nos consolamos à certeza de que *assim é que funciona a boa família, assim é a boa ordem* (sem a qual não há progresso) e *assim devemos continuar para todo o sempre*.

Aqui, como em toda a parte, os mortos oprimem como um pesadelo o cérebro dos vivos.

Poderia, contudo, ser diferente?

Pode-se conceber *outra* sociedade, organizada à semelhança de *outro* modelo de família, em que a *cor*, o *sexo* e a *posição social* não gerassem, absolutamente, quaisquer privilégios?

Muitos homens em muitas partes do mundo sonharam um sonho assim. A história da nossa espécie está pontilhada de utopias. Palmares talvez represente isso: um sonho sonhado por cem anos, com palmeiras verdes no alto de uma serra azul e majestosa à distância. O embrião do país de todos, sem órbitas fixas concêntricas. O que poderia ter sido mas ainda não foi.

A MAIOR POTÊNCIA MILITAR DA ÉPOCA ATACA PALMARES

Primeiro *infiltraram* (na moderna linguagem da guerrilha) dois agentes em Palmares, para colher o máximo de informações. O fato é curioso porque mostra holandeses, brancos certamente, quem sabe loiros, sendo recebidos no quilombo. Não é esse único exemplo que temos da abertura de Palmares a quem o procurasse, independentemente da cor.

Instruído pelos espiões, que contaram haver nos Palmares Grandes e nos Palmares Pequenos, 11 mil negros ao todo, irrompeu um dia o capitão Rodolfo Baro na serra da Barriga. O grosso do seu exército eram tapuias e pobres-diabos do Recife, como sempre; não importava fosse português ou batavo o comandante.

Baro se impressionou com muita coisa. Havia, por trás de duas fileiras de paliçadas, cubatas para mais de mil famílias — aquilo que os europeus chamavam de família, é claro, pai, mãe e alguns filhos; e outras, menores, para homens ou mulheres poliândricas. Bandos de galinhas ciscavam no chão da única e estreita rua do quilombo.

A crer nos comandantes holandeses, no primeiro combate morreram perto de cem negros contra apenas um morto e quatro feridos entre os atacantes. Prenderam alguns índios e algumas crianças mestiças. Do diário dessa expedição, saltam, 340 anos depois, esses quilombolas capturados por um soldado europeu: gente de várias cores e origens.

Palmares acabara?

O maior e mais terrível dos seus inimigos se encarregou de responder alguns anos mais tarde: "os tais negros sempre serão 30 vezes 30, pelo menos". A cada expedição, os oficiais e mestres de campo regressavam garantindo que Palmares não era mais problema. Essa garantia se tornou, a partir de um certo momento, uma cantilena sem graça: Palmares renascia sempre; e, com mais força e mais ousadia, depois de 1670, quando Zumbi assumiu o posto que era de Ganga Zumba.

O que ocorria, na verdade, é que os quilombolas se haviam tornado exímios guerrilheiros. Negar ao inimigo um combate frontal era a sua primeira regra.

O que ocorreu quando os holandeses voltaram, desta vez comandados por um certo João Blaer — especialista em ações de emboscada, perverso e implacável na opinião dos seus próprios companheiros —, foi detalhadamente contado num "Diário de Viagem".

O primeiro mocambo que encontraram tinha meia milha de extensão e duas portas. Fora abandonado, o mato invadia tudo, trepava pelas paredes, sufocava os pés de planta. Dois dias caminharam assim, dentro do silêncio e do vazio, e, no segundo, de meia em meia hora, deparavam com mocambos recém-abandonados.

Naquela noite, com o coração pequeno de raiva e frustração, encharcados por uma chuva torrencial, os holandeses acamparam para dormir. Na manhã do terceiro dia, ao despertar, avistaram a porta de mais uma povoação. Arrombaram-na com raiva e alguns soldados caíram num fosso com estrepes que corria paralelo à paliçada, pelo lado de dentro.

Novamente o silêncio e o vazio. Ainda assim, batendo os matos, encontraram alguns pretos extraviados e uma mulher com filho no colo: devem ter pagado a conta da derrota moral de João Blaer. Um dos pretos confessou que o chefe da povoação soubera da expedição por um espião em Alagoas. Os pretos tinham também seus *infiltrados*.

O comandante holandês mandou incendiar as casas e as roças com seus potes, balaios e cabaças. Um corneteiro que caíra no fosso se vingou degolando uma preta. No quarto dia, capturaram uma coxa. No quinto, um doente de bouba* e uma espécie de escrava da filha do rei. Nada mais.

Palmares desaparecera no mato para derrotar o melhor exército do mundo.

Documentos históricos não costumam guardar nomes de simples criaturas envolvidas em grandes acontecimentos, mas, desta vez, apanharam um: Lucrécia era o nome português da mulher coxa que prenderam e maltrataram no dia 22 de março de 1645.

Em 1654, com a definitiva expulsão dos holandeses, o "grande inimigo externo", toda a energia da sociedade colonial se voltou contra o terrível "inimigo de portas adentro", que eram os palmarinos.

Quase não houve ano, a partir de então, que não partisse do Recife, Porto Calvo, Penedo ou Alagoas, uma expedição contra eles. Eram, em geral, iniciativa das autoridades, mas os recursos provinham dos senhores de engenho. Se constituíam, invariavelmente, de soldados regulares, aventureiros obscuros, índios e pobres-diabos — em boa parte pretos e mulatos — dispostos a tudo. Invariavelmente, também, voltavam derrotadas ou sem combater, anunciando que o problema estava resolvido.

É enfadonho o relato dessas expedições, que conhecemos relativamente bem pelas muitas fés de ofício* com que seus comandantes, ou simples lugares-tenentes, tentavam impressionar os superiores na corrida das promoções. A confiar nos relatórios dos oficiais interesseiros que combateram Palmares, naqueles anos foram mortos mais quilombolas que sua população total.

Essas fés de ofício constituem, junto com relatórios de governadores que deixavam o posto, cartas pessoais ou burocráticas, bandos* e recomendações especiais de autoridades etc., a abundante documentação sobre a guerra de Palmares. Fica-se sabendo, por exemplo, através dela — e descontando os exageros de praxe — que nenhum problema que a sociedade colonial enfrentou, nos cem anos que vão de 1597 a 1695, se equiparou àquele.

Também se vê que Palmares teve aliados no mundo do açúcar. Comerciantes de todo gênero, e mesmo de armas, apostavam no crescimento da pátria dos negros, lhes serviam de correio e, uma ou outra vez, de conselheiros. Houve todo o tempo no mundo branco, partidários de uma solução negociada, e estes, se não chegaram à traição (pelo menos conhecida) se furtaram, em todo caso, a participar do esforço de guerra.

Em face de tudo isso, espanta que a guerra de Palmares ocupe lugar tão discreto na história social do Brasil. Nossa ignorância sobre ela é inteiramente proporcional à sua magnitude.

Uma apenas daquelas inúmeras expedições, a que penetrou no coração de Palmares no ano de 1655, chefiada por certo obscuro Brás da Rocha, merece destaque.

Especial destaque, na verdade.

ZUMBI DOS PALMARES

A criatura que chamamos Zumbi nasceu livre em qualquer ponto dos Palmares, em 1655. Talvez no começo do ano, quando a água nas cisternas é pesada e morna; talvez no meio ou mesmo no fim, quando o chão está coberto de buritis podres.

Um dia talvez saibamos mais sobre ele do que sabemos hoje. Milhares de documentos amarelos, difíceis de ler, guardam a história do preto pequeno e magro que venceu mais batalhas do que todos os generais juntos da história brasileira. Esses papéis estão arquivados em Sevilha (Espanha), em Évora (Portugal), na Torre do Tombo (Lisboa), Recife e Maceió, aguardando estudos pacientes.

De onde eram seus pais: do Congo, de Mombaça, do Daomé, do país Ashanti, da terra dos jagas (Angola)? Teria mulheres, tios e primos? Se sabe que era sobrinho adotivo de Ganga Zumba e conta a tradição, maliciosa, que uma de suas esposas era clara. (Os brasileiros sempre acreditaram que negros famosos e ricos devem se casar com brancas. Para Zumbi dos Palmares, a língua do povo arranjou Sinhá Maria, roubada num ataque às cercanias de Porto Calvo. Diziam outros que a moça lhe fora ao encontro de próprios pés; terceiros, que era herdeira de família senhorial extraviada nas brenhas vizinhas de Palmares. Até aqui, os documentos amarelados, de sintaxe arrevesada, não disseram sim ou não à legenda romântica.)

Tudo começou com um Brás da Rocha que atacou Palmares em 1655 e carregou, entre presas adultas, um recém-nascido. Brás o entregou, honestamente, como era do contrato, ao chefe de uma coluna, e este decidiu fazer um presente ao cura de Porto Calvo, padre Melo. Melo achou que devia chamá-lo *Francisco*.

Não podia, naquele momento, adivinhar que se afeiçoaria ao negrinho.

Se pode imaginar que não foi das piores a infância de Francisco. O padre talvez lhe batesse, como mandava a época, mas não lhe faltou alimento e médico. "Quem dá os beijos, dá os peidos", dizia o povo. Padre Melo achava Francisco inteligentíssimo: resolveu *desasná-lo* (outra expressão deliciosa da época) em português, latim e religião. Talvez olhasse com orgulho o moleque passar com o turíbulo, repetir os salmos.

Francisco apreciava, certamente, histórias da Bíblia. Havia esta, por exemplo: um sacerdote por nome Eli, velho e piedoso, aceitou na sua casa um menino chamado Samuel. Samuel era obediente e esperto. Certa noite, recolhidos os dois, Samuel ouviu que lhe chamavam: "Samuel! Samuel!" Isso foi antes que a lâmpada de Deus se apagasse no templo do Senhor: ali dormia a Arca de Jeová. Samuel foi até o quarto de Eli: "O senhor me chamou? Estou aqui…". "Não te chamei, filho" — respondeu o velho. — "Torna a te deitar." Aconteceu uma segunda vez: alguém, de dentro da noite, chamava o garoto. "Não chamei, meu filho. Torna a te deitar." Na terceira vez, Eli compreendeu de quem era a voz: "Vai te deitar, e quando te chamarem de novo responde: Fala, porque o teu servo ouve." Assim fez, e a Voz queria que ele a seguisse; e deixou um recado para o sacerdote: *que julgaria a sua casa para sempre, pela iniquidade que ele bem conhecia, porque, fazendo-se os seus filhos execráveis, não os repreendeu.*

Numa noite de 1670, ao completar quinze anos, Francisco fugiu.

A MORTE DE FRANCISCO

"Árvore má não dá bom fruto", terá pensado o pároco, acordando sozinho na manhã seguinte.

Fora ingrato o moleque? Correndo risco de vida, três vezes, mais tarde, Francisco voltou a Porto Calvo para tirar o padre de embrulhos financeiros.

Doze anos depois o cura regressou a Portugal — foi servir em Santarém — e de lá, em cartas a um amigo do Porto, só falou bem do ex-coroinha. Se mágoa guardava, era consigo.

Francisco se chamava agora Zumbi.

Onde encontrou esse nome? No Congo e em Camarões, o deus principal se chamava *Nzambi*; em Angola, diziam ser *zombi*, o defunto, e *zumbis*, no Caribe, são mortos-vivos, criaturas sem descanso, mesmo no Além. Mais uma vez dependeremos dos papéis históricos para algum dia decifrar o mistério do rebatismo de Francisco: do passado distante ele zomba de nós.

É mais fácil responder a esta pergunta: por que escravos fugidos mudavam de nome?

Para os povos ágrafos, como eram a maioria dos africanos trazidos para cá, e os indígenas, naturais daqui, o nome é uma coisa absolutamente vital. Na Senegâmbia (África Ocidental), uma criança só era gente depois que seu pai lhe gritava ao ouvido, no meio do mato, o nome que lhe queria dar. No Daomé, entre os povos que falavam a língua fon, uma pessoa ia mudando de nome ao longo da vida — quando se fazia homem, ou mulher, quando se casava, quando era nomeada para um cargo importante, quando realizava uma façanha militar etc. No tambor de mina, maranhense, que descende diretamente da religião dos vodus, daomeana, é até hoje completamente proibido pronunciar o nome dos deuses principais.

Era, pois, uma violência extra o que faziam os traficantes europeus ao comprarem um negro: lhe davam um nome cristão. Não o faziam por maldade: precisavam esvaziar o africano da sua cultura. O sujeito era batizado Mateus, Lucas, Hilário, mas continuava a se considerar Nzenga, Mobote, Uesu e assim por diante. Os *crioulos* (como eram chamados os negros nascidos aqui), só tinham o nome cristão, mas ao se aquilombarem costumavam tomar um nome quimbundo, jeje, iorubano — enfim, de qualquer das muitas línguas e dialetos africanos falados no Brasil colonial. Recuperavam dessa forma parte da sua identidade.

Assim também com o parentesco.

O tráfico separava, para sempre, as famílias. Ele foi um formidável liquidificador, misturando durante 350 anos criaturas estrangeiras, de língua, religião e hábitos diferentes — por vezes inimigas no continente africano. Se compreende facilmente que a própria miséria acabasse, no entanto, funcio-

---

Após derrubar vários preconceitos, hoje os afrodescendentes redefinem sua inserção na sociedade a partir da discussão de seus valores e de sua identidade. Crianças negras na ilha da Maré (BA)

nando como liga entre pessoas desenraizadas tão violentamente. As autoridades proibiam ajuntamentos de pretos da mesma terra; fazendeiros não compravam mais de dois indivíduos da mesma "raça", por pavor de que voltassem a ser gente.

No seriado de televisão *Raízes*, inspirado no livro de A. Halley, há uma cena comovente. Agrilhoado no porão de um negreiro, Cunta Quinté procura se comunicar, em língua mandinga, com um conterrâneo qualquer: em vão, nenhum dos trezentos cativos fala mandinga. Eles compreendiam isto rapidamente: eram agora outro povo, outra família. Nos negreiros que faziam a rota do Brasil e do Caribe, nasceu, então, uma palavra: *malungo*, irmão de viagem.

Nas senzalas, depois, se foram formando casais, surgindo proles. Tudo, porém, podia acabar no momento seguinte — o negro é como um cavalo que se compra e vende sem consultar a égua e os potrinhos. Não há família escrava. Ou melhor: há uma grande família escrava, um parentesco aberto. (A escravidão não permitia a *família nuclear* — pai, mãe e filhos — ao escravo, está aí o dado principal. Contribuía, no entanto, também para isso, o fato de que na África, em geral, predominava a *família extensa* — marido, esposas, tios, agregados etc. Essa era conhecida dos negros.)

Francisco, retornando a Palmares, com quinze anos, passou a se chamar Zumbi. E constituiu, livremente, sua família — um pai, irmãos, tias e tios. O principal destes se chamava Ganga Zumba.

GANGA ZUMBA

Ganga Zumba, que chegou a Palmares ainda no tempo da invasão holandesa, era, ao contrário de Zumbi, um africano alto e musculoso. Tinha, provavelmente, temperamento suave e habilidades artísticas, como, em geral, os nativos de Allada, nação fundada pelo povo ewe, na chamada Costa dos Escravos.

Em 1670, quando Zumbi voltou a Palmares, havia lá dezenas de povoados, cobrindo mais de 6 mil quilômetros quadrados. Trezentos anos depois, nomes sonoros saltam dos documentos históricos: Macaco, na serra da Barriga (8 mil moradores); Amaro, perto de Serinhaém (5 mil moradores); Subupira, nas fraldas da serra da Juçara; Osenga, próximo do Macaco; aquele que mais tarde se chamou *Zumbi*, nas cercanias de Porto Calvo; Aqualtene, idem; Acotirene, ao norte de Zumbi (parece ter havido dois Acotirenes); Tabocas; Dambrabanga; Andalaquituche, na serra do Cafuxi; Alto Magano e Curiva, perto da atual cidade pernambucana de Garanhuns. Gongoro, Cucaú, Pedro Capacaça, Guiloange, Una, Catingas, Engana-Colomim... Quase 30 mil habitantes no total.

Ganga Zumba – que significa "Grande Chefe" – reinava sobre todos eles.

Era natural: sob seu comando as aldeias palmarinas se haviam transformado num Estado. Primeiro, Ganga convenceu-as a firmar um pacto militar, ponto de partida para um exército; depois, articulou suas lideranças num Conselho Geral que o aclamou "Maioral de todos os palmarinos".

Maioral, Ganga Zumba tinha "ministros". Como em toda *república*, eles davam ordens e recebiam reclamações através de funcionários que, no português da época, se diziam *fâmulos*. Nas questões vitais para o povo, o Grande Chefe tinha de respeitar a opinião do Conselho, formado pelos maiorais de cada aldeia e respectivos *cabos de guerra*.

Era democrático?

Ganga Zumba fora eleito por aclamação e não se sabe se derrotou outro pretendente. Os maiorais dos mocambos (aldeias), que lhe entregaram o poder, eram eleitos pelo conjunto dos moradores de cada um e tinham, na sua jurisdição, completa autonomia. Só os cabos de guerra e os ministros eram nomeados por ele, e ainda assim depois de ouvido o Conselho. Seu poder não era hereditário, nem podia ser naquelas circunstâncias.

Ganga Zumba tratava os ministros de *filhos*, o ministro da guerra de *irmão*, os chefes de aldeias de *sobrinhos*, os funcionários e oficiais do exército de

netos; as mulheres idosas eram *mães*. Para lhe falar — em qualquer lugar e qualquer fosse a importância da pessoa — se tinha de pôr os joelhos no chão.

De que maneira Zumbi se tornou *sobrinho* de Ganga Zumba, isto é, maioral, chefe, da aldeia mais pegada a Porto Calvo? O ex-coroinha mal completara dezessete anos. A instrução que lhe dera padre Melo, o prestígio que vinha de saber "coisas de branco", uma inteligência rápida e abrangente, um corpo vigoroso — ainda que pequeno e enxuto — e a vontade de ferro: talvez foram essas as matérias-primas que transformaram Francisco em Zumbi dos Palmares.

UMA PISTOLA DOURADA

O que chamamos *História* é uma orquestração de destinos.

A conquista da América pelos europeus foi um espetáculo de sangue e maravilhas. Um desfile de superaventureiros, tolos e ferozes — como aquele ex-pastor de porcos que liquidou sozinho o império asteca: Hernán Cortés; ou como o paulista que exibia por toda a parte um colar de orelhas de índio: Raposo Tavares.

Em setembro de 1677 ganhou as brenhas de Palmares um certo Fernão Carrilho. Soldado astuto e ambicioso, corria longe sua fama de caçador de pretos. Havia um ano tentava organizar expedição contra Palmares, mas só agora partia.

Alguns senhores de engenho foram se despedir dele às portas do sertão. Carrilho levantou a voz para estimular os seus homens: que os inimigos eram numerosos, mas eram escravos, "a quem a natureza criou mais para obedecer que para resistir"; que era um descrédito para os pernambucanos serem corridos por negros que eles próprios haviam açoitado um dia; que, destruindo Palmares, teriam terras para cultivar, "negros para o seu serviço, honra para a sua estimação".

Entre soldados brancos, índios e negros, a tropa eram 185 homens, relativamente bem armados. Carrilho pensava pegar de surpresa, com treze dias de marcha forçada, a povoação de Acotirene: estava vazia. Apertou uns poucos prisioneiros e ficou sabendo que Ganga Zumba se achava perto, em Subupira, reunido com outros chefes. Chegou tarde, só o vento redemoinhava na praça do Conselho.

Carrilho levantou um arraial, perdeu cinquenta homens por deserção, recebeu reforço de Olinda e, enfim, localizou um pedaço do exército palmarino. No primeiro combate capturou 56 quilombolas, matando João Gaspar, João Tapuia e Ambrósio — chefes de mocambos — e ferindo Ganga Muíssa, ministro de Zumbi, indômito e debochado.

Um subcomandante de Carrilho, o preto Roiz Carneiro, do terço dos *henriques*, queimou um mocambo deserto; depois, nos matos, matou ou prendeu um número alto de quilombolas desarmados. Cerca de um mês após, acharam a aldeia do Amaro. Ganga Zumba estava lá — flechado numa perna, abandonou, na fuga, a espada e uma pistola dourada. Não teve igual sorte o chefe Acaiuba, nem alguns *filhos*, *sobrinhos* e *netos* do Ganga.

Quando Fernão Carrilho tornou ao litoral haviam se passado cinco meses. Trazia mais de duzentas presas, que repartiu entre os soldados — descontado naturalmente o imposto real. Palmares acabara? Carrilho passou sob um arco de triunfo e libertou, solenemente, dois pretos: Dambi e Madalena. Fossem dizer ao Ganga Zumba que se entregasse, ou, da próxima vez, seria ainda mais implacável. Se rezou, também, missa comemorativa na igreja principal de Porto Calvo. Olhando o novo coroinha incensar o Senhor Morto, padre Melo talvez se lembrasse de Francisco.

O exército do Ganga continuava intacto.

Com a morte ou prisão de gente importante, com a fuga desmoralizante ao cerco do Amaro — em que largara, flechado na perna, a espada e a pistola de luxo — o moral do Grande Chefe estava, porém, baixo. A *guerra do mato* (guerrilha) começava a custar caro.

O mundo do açúcar encurralava Palmares. Antes mesmo que Carrilho voltasse a Porto Calvo, arrotando vitória, duas expedições investiram ao coração de Palmares, pelo vale do rio Mundaú, prendendo e matando. Se sabe que o comando geral do exército negro cabia já a Zumbi, promovido de simples chefe de aldeia. O fracasso diante de Carrilho fora imputado ao Ganga, pois ele, pessoalmente, se pusera à frente da operação guerrilheira.

Foi esse o primeiro sinal de que se apagava a estrela do Grande Chefe.

O governo colonial, enquanto isso, achou que chegara o momento do xeque-mate.

Os senhores do mundo do açúcar, seus militares e governantes não tinham qualquer ilusão, a essa altura, sobre a gravidade da guerra contra Palmares. Como já comentamos anteriormente, negros aquilombados eram, no seu entender, o "inimigo de portas adentro", tão terríveis ou mais que os holandeses. Eram o inimigo de classe, de raça e de cultura (embora, é claro, a ideia de que os negros possuíssem uma cultura lhes fosse absolutamente insólita). Eis, porém, o pior: Palmares era um território, uma sociedade e um Estado ocupando o *espaço vital* do território, da sociedade e do Estado coloniais.

O Estado colonial havia descido o punho de ferro sobre Palmares: inútil. Os negros pareciam se multiplicar a cada derrota. Só havia uma solução: negociar; definitivamente ou para ganhar tempo, tanto fazia. A negociação, além de conceder uma folga ao governo pernambucano, desmoralizado e sem recursos econômicos para organizar expedições atrás de expedições, dividiria os negros — e dividi-los era, também, enfraquecê-los.

O governador Pedro de Almeida mandou um preto dos *henriques* oferecer as pazes ao Maioral dos Palmares.

A PAZ DOS CHEFES

Ganga Zumba entrou no Recife na manhã de 5 de novembro de 1678.

Pode-se imaginar que lhe serviram cavalinhos e pombas de alfenim — essas delicadas guloseimas do mundo do açúcar; e que lhe deram, para brindar as pazes, um encorpado vinho de Leiria. Teria sido o Grande Chefe escravo naquela cidade que o recebia agora na condição de chefe de Estado? Não sabemos.

Na verdade, como é praxe nos acordos de paz entre nações soberanas, os diplomatas já haviam acertado tudo com antecedência. Quatro meses antes de o Ganga chegar ao Recife — com um brilhante séquito de quarenta pessoas — seus enviados especiais tinham discutido e concertado os termos daquela paz.

Esses primeiros enviados de Palmares haviam causado sensação no Recife. Entraram com seus arcos e flechas (um deles somente portava arma de fogo), cobertas as "partes naturais" (genitais) com panos e peles, alguns de barbas trançadas. Um filho natural de Ganga Zumba, ferido na guerra, chegou a cavalo. Bateram palmas diante do governador, que mandou, em troca, rezar missa de ação de graças na matriz. Dia seguinte, em clima mais solene, é que se entabularam as negociações.

Chegava agora o Maioral dos negros, em pessoa, para ratificar o acordo. Estipulava:

1º) Os negros nascidos em Palmares eram livres.

2º) Os que aceitassem a paz receberiam terras para viver.

3º) O comércio entre os negros e os povoados vizinhos ficava liberado e legalizado.

4º) Os negros que aceitassem a paz passariam a ser vassalos da Coroa, como quaisquer outros.

A história dos homens se assemelha, entretanto, às telenovelas, ou aos seriados antigos de cinema: quando tudo parece arranjado e tranquilo, alguma coisa ou alguém se intromete no enredo para desarrumar — o céu claro e a tempestade.

O descontentamento dos palmarinos com seu chefe supremo vinha crescendo rapidamente.

Primeiro foi a série de derrotas humilhantes diante de Fernão Carrilho (a crer num documento português, o Ganga chegara mesmo a comandar de porre um combate). Depois, aquele acordo de paz miserável: restituía-se à escravidão a maioria dos quilombolas, que para lá fugiram com seus próprios pés.

Praticamente sitiado em Macaco, a capital, no alto da serra da Barriga, Ganga Zumba sentiu o antigo prestígio escoar entre os dedos como a areia da praia.

Zumbi marchou, então, contra ele, acompanhado dos chefes de mocambo descontentes. Ganga Zumba fugiu, com trezentos e poucos fiéis, para Cucaú, sul de Pernambuco, onde o governo colonial lhe havia reservado terras para viver e cultivar. Despedindo-se da serra da Barriga, que não voltou a ver, jurou que resgataria, um dia, o povo da "tirania de Zumbi".

Num ponto, ao menos, o velho Ganga estava certo: o antigo coroinha instalou a mais implacável ditadura militar. Ocupou militarmente a Cerca Real do Macaco, arrogou-se o poder de tudo decidir sozinho, na paz e na guerra, e executou os partidários do chefe fujão.

Impossível dizer o que tinha em mente: os negros, como os índios, são mudos para a história. Tinha medo, talvez, de que o inimigo se nutrisse da capitulação de Ganga Zumba e — bem-informado, agora sobre as defesas de Palmares — viesse, com a ajuda dele, assestar* o golpe final.

Pode-se presumir, também, que Zumbi já houvesse tomado uma certa decisão — mas era cedo, ainda, para revelá-la.

Zumbi ordenou degolar quem tentasse se mudar para Cucaú. Aumentou o exército, incluindo nele, por bem ou por mal, todos os homens adultos de Palmares. Transferiu mocambos, desativou alguns e redistribuiu parte da população segundo critérios militares. Organizou um sistema de espionagem e apoio no mundo do açúcar. Transformou Macaco numa gigantesca fortaleza. A ditadura militar vestia Palmares para a guerra final.

Enquanto isso, o que acontecia com Ganga Zumba em Cucaú?

As terras não eram más, nem as águas. O problema era a vizinhança: os pretos se sentiam inseguros, inteiramente nas mãos dos senhores de engenho e seus capitães do mato. O governador mandara cercá-los, todo o tempo, por índios e mamelucos hostis. Não se cumprira quase nada do tratado de paz. Grupos de provocadores queimavam as roças dos pretos e, com pouco, penetravam na aldeia — sem licença de Ganga Zumba — para "reaver escravos fugidos". O Grande Chefe se despedia, uma a uma, de suas ilusões.

Já não eram muitos — uns quatrocentos — os que aceitaram acompanhá-lo naquela experiência. Na sombra da noite, outros retornavam, agora, a Palmares, dispostos a se submeter ao comando de Zumbi. Para não acabar só, Ganga Zumba tomou uma decisão funesta: denunciou ao governador pernambucano que agentes infiltrados de Zumbi queriam assassiná-lo. Pedia ajuda.

O governador tentou um lance: enviou o irmão de Ganga Zumba propor a Zumbi uma paz definitiva, em troca apenas de ele sair de Palmares para onde quisesse. Um mês inteiro o emissário gastou conversa. A resposta foi um sonoro *não*.

Zumbi dos Palmares, pela terceira vez na vida, dava as costas ao mundo escravista.

Aos quinze anos deixara a liberdade e o conforto de padre Melo para voltar a Palmares. Aos 23 recusou a paz que Ganga Zumba firmara com os brancos, paz que lhe garantia a liberdade, pois nascera em Palmares. Aos 25, incompletos, fechou, enfim, a última porta: continuaria em Palmares para combater.

A GLÓRIA DE ZUMBI DOS PALMARES

Foi Zumbi dos Palmares um caso de resistência radical ao sistema.

Assemelhou-se aos grandes generais da história — Ciro, Alexandre, Aníbal, Chaka, Sundiata Keita, Napoleão, a rainha Nzinga Samori, Caopolican — em muitas coisas. Como para a maioria deles, o poder máximo de dispor da vida e da morte de multidões lhe chegou muito cedo, aos 23 anos. Como eles, Zumbi dos Palmares foi por muito tempo, e até hoje no Brasil, recordista de vitórias militares.

Zumbi diferiu, entretanto, de muitos daqueles campeões da guerra numa coisa: não combateu para conquistar territórios ou glórias. Foi, mesmo assim, um guerreiro implacável, incapaz de hesitar diante do sangue e do fogo. Desde que se sentou no trono que fora de Ganga Zumba, na praça central da Cerca Real do Macaco, seu corpo pequeno e magro se transformou numa flecha apontada para o coração do mundo escravista. Ele transformou o povo inteiro de Palmares, quase 30 mil pessoas, num arco retesado.

Por que, então, combateu Zumbi dos Palmares?

Há, primeiro, uma resposta genérica.

Os negros aquilombados combatiam em legítima defesa. As autoridades, os fazendeiros e seus paus-mandados não davam tréguas a negros fugidos. Percorrer as brenhas atrás de caça humana era, mesmo, rendosa profissão. O índio e o negro fugido esperavam que um dia, inapelavelmente, eles chegassem.

Era assim com o pequeno quilombo (ou a pequena tribo) e com o grande, na verdade, bem grande, como foi Palmares, ou o da Carlota, em Minas, o do Cosme, no Maranhão. Um dia os brancos chegavam. Quase nunca vinham para matar: negro morto não valia nada. Queriam a caça viva, se não conseguissem é que levavam um par de orelhas para comprovar o serviço.

Por vezes os caçadores de escravos fugidos faziam propostas: voltassem aos seus donos por bem, ficava prometido suspender os castigos e a tortura, as crianças, nascidas na liberdade dos matos, livres ficariam etc. A história guarda alguns casos de acordos dessa natureza entre quilombolas e escravistas como foi, por exemplo, a paz de 1678, entre Ganga Zumba e o governo de Pernambuco.

Para aceitar um acordo com seus algozes, acreditar nas suas promessas, o quilombola precisava ter alguma ilusão sobre o funcionamento do sistema escravista. Acreditar, por exemplo, que houvesse senhores maus e senhores bons. Era preciso, também, que tivesse chegado ao limite da sua resistência, como a capivara encurralada pelos cães ao fim de uma longa caçada.

Zumbi dos Palmares não era absolutamente ingênuo: conhecia o mundo do açúcar. Além disso, naquele ano em que se sentou no lugar de Ganga Zumba, o inimigo é que lhe parecia acuado: Palmares continuaria na ofensiva.

Zumbi dos Palmares combateu também — e esta é uma resposta menos genérica — porque acreditava numa espécie qualquer de vitória. Qual? Será preciso contar um pouco mais daquela guerra, chegar ao seu desfecho, para responder.

De qualquer jeito, ao instalar a ditadura em Palmares, submetendo tudo e todos à sua determinação de guerrear, ele parecia *condenado àquela espécie de vitória*. Isso foi em setembro de 1678, quando na Serra começavam a florir os paus-d'arco.

A paz que Ganga Zumba e D. Pedro de Almeida firmaram não durou dois anos.

Diversas foram as razões do fracasso, mas a principal é que os governados — palmarinos, de um lado, pernambucanos, de outro — eram, na realidade, irreconciliáveis. Ganga Zumba acabou envenenado por adeptos de Zumbi que se infiltraram no Cucaú. O governador de Pernambuco o socorreu tarde demais, só a tempo de executar sumariamente os conspiradores João Mulato, Canhongo e Gaspar. A secessão de Palmares fez correr um rio de sangue.

Os sobreviventes da triste experiência (com o que sonhava, afinal, o Ganga Zumba?) foram reescravizados.

A guerra total crepitou em toda a Zona da Mata nordestina, sem cessar, durante os quinze anos seguintes. Zumbi e o mundo do açúcar concentraram nela todas as suas energias e tirocínio.* Houve antes, contudo, duas últimas chances de trégua.

Naquele mesmo ano de 1680, em que se apagou a estrela de Ganga Zumba, um sargento-mor saiu pelas estreitas vielas de Porto Calvo apregoando uma mensagem para Zumbi (se esperava que, como outras, ela chegasse rapidamente à Serra): o governador perdoava todos os "crimes" do Zumbi se, em boa paz, ele descesse a viver ao lado do seu tio Ganga Zona.

Cinco anos depois, foi o próprio rei (se chamava Pedro II[2]) que escreveu ao general quilombola:

Eu El-Rei faço saber a vós Capitão Zumbi dos Palmares que hei por bem perdoar-vos de todos os excessos que haveis praticado assim contra minha Real Fazenda como contra os povos de Pernambuco, e que assim o faço por entender que vossa rebeldia teve razão nas maldades praticadas por alguns maus senhores em desobediência às minhas reais ordens. Convido-vos a assistir* em qualquer estância que vos convier, vossa mulher e vossos filhos, e todos os vossos capitães, livres de qualquer cativeiro ou sujeição, como meus fiéis e leais súditos, sob minha real proteção, do que fica ciente meu governador que vai para o governo dessa capitania.

Zumbi não deu sequer resposta a qualquer desses apelos.

O governo colonial pôs, então, em prática uma velha ideia: mandou atacar Palmares por um batalhão de *henriques*. Voltaram com o rabo entre as pernas. Zumbi retaliou, mandando invadir Alagoas, no litoral. Os quilombolas cairiam numa emboscada ao deixar a vila, mas sequestraram várias mulheres, algumas brancas.

Cada golpe provocava outro, contrário. Um calafrio de terror parecia correr os engenhos e as pequenas vilas, enrodilhadas sobre o próprio ventre. Qualquer negro, naqueles anos de sangue e fogo, fosse livre ou cativo, era suspeito de espião palmarino. As alforrias foram oficialmente suspensas em Pernambuco, como represália; quilombolas eventualmente capturados deviam ser vendidos para bem longe da capitania.

Foi então que emergiu do ostracismo a mistura de bandido e soldado que se assinava Fernão Carrilho. Ele tinha ganho, pela primeira campanha, 20 léguas de terra em Palmares. Vinha agora cobrá-las, e em nome de El-Rei.

Carrilho penetrou, com a agilidade de sempre, até o coração dos quilombos; acabou cercado e fez, em troca da vida, um acordo com um destacamento do exército negro. O governador, ao saber, mandou prendê-lo. Zumbi, enquanto isso, se refugiou num local de nome bonito: Gongoro; depois, numa manobra em que era mestre, apareceu noutro ponto longe, Alamo. Parecia um carcará, caindo súbito do céu sobre as aldeias do açúcar.

No ano em que D. Pedro, o rei, escreveu ao general Zumbi, 1685, não houve guerra. Não só as caixas reais estavam vazias, como a peste correu o litoral brasileiro, da Paraíba a Salvador. A "bicha", como o povo a batizou, não poupou ricos nem pobres, a escumalha do Recife nem os potentados da

Várzea. Os coveiros não davam conta do trabalho e, ao entardecer, a capital desaparecia sob uma fumaça de bosta de boi, com que se pensava sufocar os miasmas.* A paz, pela primeira vez no Brasil, matava mais que a guerra.

Dois anos depois, o inescrupuloso Fernão Carrilho voltou a acordar a Serra com sua voz de metal. Fora perdoado, deixara o cárcere direto para o comando de mais uma expedição. Foi tudo igual: Zumbi mandou fustigá-lo e fugir, até que Carrilho cansou. O Maioral dos negros se fartou, aquele ano, de derrotar tropas colonialistas, regulares ou não. Invadiu São Miguel, Penedo e de novo Alagoas.

Humilhado, o mundo do açúcar contratou então Domingos Jorge Velho.

O CAÇADOR DE ÍNDIOS

Talvez o maior de todos os bandeirantes tenha sido um menino que cansou de ver caçadores de índio e de ouro passarem por sua aldeia.

A vila de Santana do Parnaíba (atual estado de São Paulo) só tinha uma rua, de terra muito escura, que dava no rio Tietê. Acampavam ali, antes de ganhar o sertão pela estrada líquida ou abrindo picadas no mato, as expedições que vinham de São Paulo. Domingos devia olhar com assombro, medo e admiração ao mesmo tempo, os cavalos com arneses de prata, os servos indígenas emplumados, os oficiais mamelucos de gibão e gualteira. Eram tantos, às vezes, que engoliam a pequena Parnaíba, se espalhando pela outra margem, até a aldeia carijó.

Um dia ganhou seu próprio bacamarte,* sua rede e o traje de couro, e partiu também. Não era um homem feito, mas ia realizar o destino possível a um homem branco na beira daquele rio. Que pensava, então, de índios? Toda aquela gente paulista, nos séculos XVI e XVII, era um bocado espanhola, um bocado portuguesa e outro tanto carijó — no sangue, na fala, na maneira de comer, de dormir, de acreditar no sobrenatural. As meninas paulistas brincavam com liticós (bonecas, em tupi); os meninos, de armar arapucas no mato. As amas velhas lhes contavam casos de mapinguaris e curupiras em língua tupi.

Domingos se tornou um exímio caçador de índios. Não lhe interessavam metais preciosos. Depois de formar sua própria trupe — oficiais mamelucos, servos índios e escravos pretos —, varejou o sul e o oeste, da campanha gaúcha às barrancas do rio Paraná. Naqueles anos se fez mestre na guerra do mato: aparecia e desaparecia como o ipupiara (monstro fluvial, devorador de gente), usava o fogo para destruir o inimigo como se fosse o boitatá (cobra de fogo).

Por volta de 1700, os bandeirantes desistiram de índios.

Ficara cada vez mais difícil encontrá-los: centenas de milhares foram capturados ou mortos desde que o primeiro bandeirante pisou o planalto. Eles se haviam juntado, também, para resistir e infligiram aos paulistas diversas derrotas em terríveis batalhas. O mercado de negros se regularizara, enfim; quase ninguém, em nenhuma parte, queria comprar índios para o serviço.

Domingos partiu para o norte. Dançava na sua cabeça, agora, a ideia de se afazendar. Era um homem pobre: não tinha ouro, não tinha escravos negros e, sobretudo, não tinha terras. Pelos padrões aristocráticos da sociedade colonial, era também um bárbaro: passara a maior parte da vida nas brenhas,* falava uma mistura de tupi-guarani com português espanholado, sua família eram aqueles mamelucos cor de jenipapo.

O que hoje chamamos *Piauí* eram campos verdes a perder de vista. Há dezenas de milhares de anos ali viviam os povos cupinhorós e oroás. Domingos acabou com eles em meia dúzia de anos; trouxe depois bois e cavalos e providenciou a legalização da sua propriedade (não sem antes fazer um acordo com outro paulista, Sebastião Parente, que lá chegou primeiro). A um dos rios que banhava a extensão verde chamou Parnaíba — lembrança da sua pequena vila sobre o Tietê.

Cansara de correrias, ia ser agora um "homem bom".

Em novembro de 1688, tropeçando no próprio cansaço, Domingos Jorge Velho chegou com sua gente às cercanias do Recife. Eram cerca de mil índios e cem brancos, mais mulheres e crianças. Que convite fora capaz de tirá-lo das terras do sem-fim em que esperava morrer?

Ia o bandeirante discutir com o governo detalhes do contrato para a destruição dos Palmares. No geral, as cláusulas, combinadas de antemão, já lhe eram favoráveis, mas ele queria obter ainda novas vantagens; e ratificar aquelas.

Perto da cidade lhe passaram ordem de torcer caminho para o Rio Grande do Norte. Lá explodira uma rebelião dos índios janduís — e, ah! rebeliões indígenas eram sua especialidade. Nunca saberemos, talvez, quantas dezenas de milhares de índios matou o herói bandeirante. O fogo e o cutelo* eram sua lei.

Massacrados os janduís (o que sobrou deles assinou, pouco depois, uma *paz* com o governo colonial), Jorge Velho pôde partir para Palmares. Não sem antes fazer novas exigências. Ele sabia a importância da guerra contra os negros, compreendia que o sistema, apesar de sua força e recursos, se sentia encurralado. Como qualquer mercenário em qualquer parte do mundo, procurou tirar partido disto.

Para conquistar, destruir e extinguir completamente Palmares, seu preço era:

1º) Ele e seus *oficiais* receberiam sesmarias em Palmares, à única condição de ocupá-las e povoá-las.

2º) Receberiam quatro hábitos das três ordens religiosas de Portugal.

3º) Seriam dele todos os negros capturados, os quais serviriam como pagamento de imposto ao rei e ao governador.

4º) O governador lhe forneceria, gratuitamente, a quantidade de armas, munição e alimentos necessária à guerra.

5º) Anistia prévia para todos os seus crimes.
6º) Quinhentos mil-réis em panos e roupas para seus homens.
7º) Cem mil-réis em dinheiro vivo para ele próprio.

Essas as cláusulas essenciais, mas o caçador de índios não deixou, até o último instante, de forçar, espertamente, a concessão de pequenas vantagens adicionais.

Faltavam poucos dias para o Natal de 1691 quando Domingos Jorge Velho avistou pela primeira vez a serra da Barriga. Era começo de verão, e os matos cortavam feito navalha.

CRUZADA CONTRA OS NEGROS

O preço do açúcar na Europa era o termômetro da economia brasileira: este subia sempre que o outro descia.

O ano de 1693 foi terrível. Com a queda absoluta do preço do açúcar, desapareceu quase todo o ouro da colônia, subiram consequentemente todos os preços, enquanto o demônio da inflação ria dos compradores no fundo dos armazéns. Como se não bastasse, a seca e a fome desceram do sertão para estrangular as cidades.

Os senhores cuidaram de tomar menos vinho importado e comprar menos negros. Os pobres-diabos que viviam imprensados entre a grande fazenda e o governo (era só num ou noutro que eles encontravam trabalho) ficaram a pão e água. A raiva e o desespero, que tinham partido com a peste, retornaram, naquele ano infeliz de 1693, às ruas do Recife.

Corria por toda a parte a notícia de que os palmarinos viviam bem. Os capturados na guerra, de passagem por Alagoas, Penedo, Porto Calvo — *de passagem*, pois tinham de ser vendidos para bem longe —, pareciam bem nutridos, por contraste com os moradores brancos, em geral esquálidos e esfarrapados. Palmares sempre exercera sobre aquela gente pobre e livre das cidades litorâneas o fascínio de terra prometida — as melhores terras, os melhores frutos, as excelentes águas.

Preparando-se para uma cruzada definitiva contra o Estado quilombola, o governo colonial explorou, então, a frustração e a inveja da plebe urbana. Prometeu-lhe mundos e fundos, se participasse de uma expedição ao "valhacouto* dos negros"; esvaziou os presídios, indultando* os fora da lei; convocou militares vadios da Bahia, da Paraíba, do Rio Grande do Norte. A toda essa gente, a propaganda de guerra fez crer que a origem dos males brasileiros era a pátria dos negros.

Quando entrou janeiro de 1694, com seus fortes calores, suas repentinas pancadas de chuva, sua inexplicável mortandade de peixes nas lagoas cor de lama vizinhas ao mar, uma tropa de 9 mil homens se pôs lentamente em marcha. Seria bizarro, o espetáculo, e barulhento.

Só na guerra da independência, 130 anos depois, se viu um exército maior.

UMA ÚNICA CHANCE

Domingos, comandante do exército colonial, nunca tinha visto nada parecido em toda a sua vida. Custava a crer fosse obra de negros.

Entre o verde do mato e o azul puríssimo do céu, numa extensão semi-circular de 5,5 quilômetros, erguia-se uma escura muralha de troncos e pedras. Dez homens, um de pé no ombro do outro, não tocariam sua borda. Olhando melhor se descobria que não era uma, mas três muralhas — e tinha redentes,* guaritas, quebrava em diversos lugares, abria torneiras para atiradores a cada dois metros.

Domingos ordenou que batedores se aproximassem: caíram nos fossos que circundavam a fortificação e agonizavam agora, estrepados em puas* de ferro. Um dos subcomandantes lhe deu, então, a ideia de construir contracercas de proteção, enquanto traçavam o plano final de ataque:

Foram erguidas, de troncos de árvores, rapidamente, cada uma com 500 metros. Na antemanhã de 23 de janeiro, mal se aquietou a lúgubre orquestra de sapos, corujas e estrepados, Domingos determinou o ataque. Somente um capitão, com cinquenta homens, conseguiu sob uma chuva de flechas e balas encostar na muralha palmarina, atacando-a com machados. Os quilombolas, lá do alto, abriram-lhes as cabeças com pedregulhos enormes, pescando os sobreviventes a gancho, pelas costas.

Fracassado o assalto, Domingos temeu pela própria segurança do seu acampamento. Mandou buscar reforços no Recife; vieram cerca de duzentos homens e seis canhões. Inútil: mesmo sob proteção das contracercas, a distância continuava demasiada para o alcance dos canhões. Os pelouros* caíam murchos, como bexigas de brinquedo, em terra de ninguém.

Na noite de 5 de fevereiro, a raiva de Jorge Velho cedeu vez à inteligência. Ele se sentou na rede, chamou os subcomandantes e traçou com um graveto, no chão, a única saída: a construção, em total silêncio, de uma nova contracerca, oblíqua à muralha palmarina. Deviam levá-la até encostar no grande precipício à esquerda do Macaco, tão rápido que estivesse pronta ao clarear do dia seguinte. Então, veriam aqueles negros do diabo.

Quando, no meio da noite, Zumbi dos Palmares descobriu o ardil de Jorge Velho, sua primeira providência foi executar o sentinela que não dera o alarme.

Duas da madrugada. Um pesadelo acorda o General.
Inspeciona, com um mau pressentimento, as fortificações. Vêm da
terra de ninguém, à sua frente, gemidos dos estrepados nos fossos.
Zumbi apura os ouvidos até perceber um martelar abafado. Fincam
estacas, amortecendo, cuidadosamente, o som com mantas e capotes.
Esta, como todas as guerras, seria ganha por quem pensasse —
e agisse — rapidamente. Em muitas batalhas, os brancos só lhe
haviam deixado, a ele, o Maioral dos pretos, uma saída: Zumbi
estava vivo porque a aproveitara sempre, no último instante.
Foram mais de quarenta refregas, praticamente duas por ano —
cansara de ser encurralado e escapar.
Enfim, a situação se invertera.
Atraíra os exércitos coloniais coligados para o alto da Barriga.
Queria jogar a sorte de Palmares num último lance. O plano que
traçara parecia perfeito: desgastaria o inimigo naquele cerco sem
fim, exasperando-o na tentativa inútil de penetrar a muralha
(lá se esgoelavam os estrepados no fundo dos fossos). De repente,
a um aviso seu, Amaro, com mil quilombolas, lhe cairia sobre
as costas, surgindo do mato e do nevoeiro.
Ao inimigo só restava uma saída: derrubar a muralha a canhão.
Impossível: os petardos não tinham força para transpor a terra
de ninguém, o chão falso em cujo fundo esperavam serpentes
e estrepes que, entrando na virilha, saíam pela garganta.
A menos que... construíssem, no tempo de uma noite,
uma contracerca em diagonal! Perderiam alguns homens,
mas a construiriam; e protegidos por ela, aproximariam os canhões.
Só uma chance: eles a aproveitaram.
O general Zumbi acordou o sentinela:
— E tu deixaste os brancos fazerem esta cerca?

Esperou um instante:
— Amanhã seremos entrados e mortos, nossas mulheres e nossos filhos se tornarão cativos.
Seriam duas da manhã de 6 de fevereiro de 1694.
À primeira claridade, baixando o nevoeiro, os canhões começariam seu serviço.
Zumbi dos Palmares mandou executar o sentinela.

O desespero, talvez mais que a raiva, explica essa violência miúda no turbilhão de uma guerra total. Zumbi dos Palmares estava mais uma vez encurralado e com uma única chance de escapar. Até quando teria de jogar aquele jogo sem fim? Há pelo menos 25 anos, ele, pessoalmente, ganhava e perdia batalhas. A guerra tinha, no entanto, cem anos, desde que aquele punhado de negros incendiou a fazenda do amo, no sul de Pernambuco, e se abrigou na Serra, fundando Palmares.

Zumbi juntou os comandantes e oficiais.

Possivelmente, então, lhes confessou o fracasso do plano que urdira: atrair o exército colonial em peso para uma grande batalha às portas da capital e massacrá-lo. Se perdessem, os sobreviventes poderiam recomeçar noutro lugar, seriam o novo Palmares. Se vencessem, o governo colonial ficaria de tal forma fraco e desmoralizado que aceitaria Palmares como nação soberana. Em qualquer dos casos, Palmares viveria.

Na beira do abismo, do lado ocidental da fortificação, restava uma passagem que o inimigo não tivera tempo de fechar.

Por ali sairiam os guerreiros, somente os guerreiros, sem mulheres e sem crianças — rápidos e mudos. Recompostos em algum ponto, recomeçariam a guerra.

Quando passavam os últimos, porém, rolaram pedras. Um mameluco abriu fogo sobre eles. Sem saber se combatiam ou escapavam, os guerreiros palmarinos se entrechocavam. Foi o pânico.

Perto de duas centenas despencaram pela cratera sem fundo.

Jorge Velho não quis persegui-los. A caça melhor estava dentro. Mandou os canhões cuspirem fogo contra a cidadela. Pelos escombros da formidável parede, a multidão de índios, mamelucos e soldados finalmente penetrou em Palmares.

Na sua fúria nada deixaram de pé ou inteiro.

AS DUAS MORTES DE ZUMBI DOS PALMARES

E num gesto impressionante, Zumbi, no seu orgulho, se precipitou do alto da Serra.

Por muito tempo se acreditou que Zumbi morrera da maneira acima descrita. Não os contemporâneos, que ficaram sabendo perfeitamente como tudo aconteceu, mas os historiadores ou simples curiosos que nos séculos XIX e XX se interessaram pelo herói negro. Até recentemente era aquela lenda, e não a verdade acontecida, que se lia nos livros de história do Brasil.

Por que se acreditou tanto tempo nessa mentira? Talvez possamos explicar completamente algum dia, mas uma coisa é certa: a legenda do herói étnico que prefere a morte ao cativeiro fascina nossas mentes, charme indiscutível do "último dos moicanos".

Zumbi, que se postara na retaguarda da coluna de guerrilheiros que deixou Palmares na madrugada de 6 de fevereiro de 1694, escapou com vida. Tinha, naquele momento, apenas 39 anos. Havia dezoito andava coxo, de um balaço que recebera em combate e foi atingido, aquela madrugada, por duas pelouradas. Não era muito para quem combatia havia 25 anos.

Antes de completar um ano da queda de Palmares, Zumbi invadiu a vila de Penedo atrás de armas. Dois mil quilombolas sobreviventes — segundo Domingos Jorge Velho — continuavam a infestar a região, emboscando soldados e atacando pequenos burgos sonolentos. Só os muito tolos ou oportunistas acreditavam que a destruição da Cerca Real do Macaco fosse o fim de Palmares.

Zumbi dos Palmares vencera dezenas de batalhas aplicando com engenho as regras da *guerra do mato*. A única vez que buscou o combate frontal, em posição fixa, fracassara miseravelmente. Perdera talvez para sempre o domínio da serra da Barriga, onde começava a se estabelecer agora, entre brigas e equívocos, a chusma* de vencedores: bandeirantes, comandantes militares e aristocratas de Pernambuco e Alagoas.

Então dividiu seus homens (cerca de mil; a conta de Jorge Velho parece exagerada de propósito) e voltou à guerrilha. Povo, não tinha mais. Um dos seus bandos, sob chefia de certo Antônio Soares, foi emboscado perto de Penedo. Prenderam-no e o enviaram sob forte guarda para o Recife.

No caminho a guarda se encontrou com a bandeira de André Furtado. Brigaram pela posse do preso importante. André Furtado o sequestrou, para lhe aplicar, por longo tempo, violentas torturas: queria o esconderijo de Zumbi. Nada conseguiu, até que mudou de tática: garantia-lhe a vida e a liberdade se cooperasse.

Muito tempo antes de aparecerem por aqui os primeiros homens, os paus-d'arco florescem em novembro. Na verdade, começam a florir em meados de setembro, suas copas arroxeadas, amarelas e encarnadas semelhando guarda-chuvas abertos no verdíssimo dos matos. A espécie que dá nome às coisas foi também a que inventou a tortura. Os homens de André Furtado queriam saber de Soares, agarrado infantilmente no caminho de Penedo, onde se escondia o General. Se impacientavam quando o mulato — pendurado nu num pau roliço apoiado sobre dois cavaletes — mencionava outros nomes e outros detalhes. Aplicavam-lhe então vários tormentos ao mesmo tempo — a palmatória nas mãos inchadas, os anjinhos nos dedos das mãos e o canudo no ânus, por onde um mameluco soprava pasta de malagueta. Eis só o que queriam: o General.

Com o silvo das cobras e o esporro* das cigarras chega a manhã na serra Dois Irmãos. Os homens de André Furtado já se esconderam. Soares se agacha à beira do riacho, lava a cara, funga e depois caminha até um pequeno remanso. Ali, a água parece que descansa; mas basta fixar a vista para notar que redemoinha — e foge por um sumidouro.
— Zumbi! — chama.
Espera um comprido instante. Suas têmporas talvez suportem então todo o peso do mundo. Chama de novo:
— Zumbi!

Zumbi confiava em Soares, e quando este lhe meteu a faca na barriga se preparava para um abraço. Seus olhos devem ter brilhado, então, de estupor e desalento. Seis guerrilheiros apenas estavam com ele naquele momento. Cinco foram mortos imediatamente pela fuzilaria que irrompeu dos matos em volta. Zumbi, sozinho, matou um e feriu vários.

Foi isso nas brenhas da serra Dois Irmãos, por volta de cinco horas da manhã de 20 de novembro de 1695.

Dia seguinte o cadáver chegou a Porto Calvo.

Não estaria bonito de ver. Tinha quinze furos de bala e inumeráveis de punhal. Tinham lhe tirado um olho e a mão direita. Estava castrado, o pênis enfiado na boca. Banga, único sobrevivente da guarda de Zumbi, os escravos Francisco e João e os fazendeiros Antônio Pinto e Antônio Sousa testemunharam, perante os vereadores, que aquela pequena carcaça, troncha e começando a feder, era, indiscutivelmente, o temível Zumbi dos Palmares.

Depois de lavrado o "auto de reconhecimento", a Câmara mandou separar a cabeça — seguiria só para o Recife, acondicionada em sal fino. Lá chegando, mandou o governador espetá-la na ponta de um pau comprido, na praça principal: curtissem os brancos sua merecida vingança, e vissem os pretos que não era imortal.

Muitos anos ela ficou ali, ao sol e à chuva, alta, no coração do mundo do açúcar.

Você já pensou
se Domingos Jorge Velho
e sua malta
não houvessem tido tanta sorte?

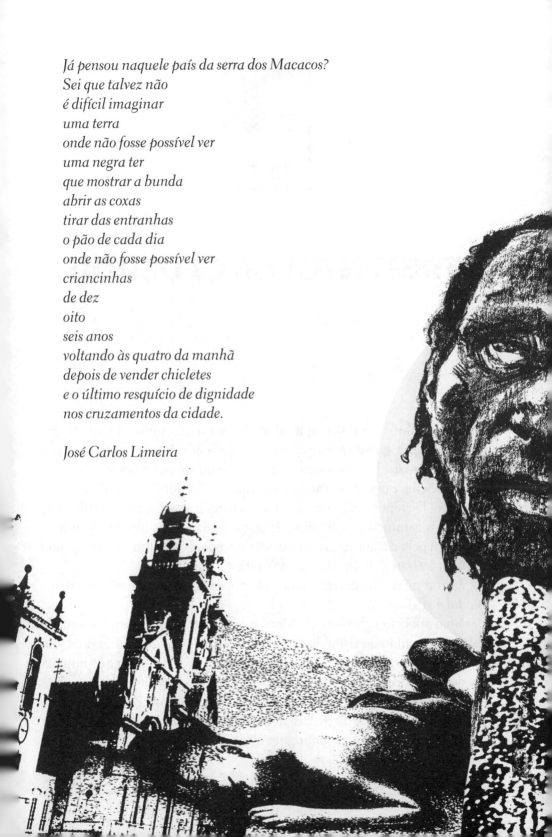

Já pensou naquele país da serra dos Macacos?
Sei que talvez não
é difícil imaginar
uma terra
onde não fosse possível ver
uma negra ter
que mostrar a bunda
abrir as coxas
tirar das entranhas
o pão de cada dia
onde não fosse possível ver
criancinhas
de dez
oito
seis anos
voltando às quatro da manhã
depois de vender chicletes
e o último resquício de dignidade
nos cruzamentos da cidade.

José Carlos Limeira

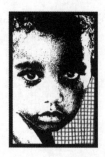

TREZENTOS ANOS DEPOIS

Em setembro de 1980, o autor deste livro teve um sonho intrigante. Eu subia uma serra, guiado por alguém sem rosto, sentindo a cada momento um calafrio de medo. Folhas caíam das árvores, e nossos pés esboroavam* uma terra vermelha e quente. "Não há nada aqui, está vendo?" — me dizia o guia mutilado. De repente, contra o céu cinza da madrugada, eu vi uma fileira de guerreiros caminhando no cimo da serra. Andavam assim feito formigas, pequenos pela distância, mas cresciam de repente (o sonho, como ensinou alguém, é a transgressão da medida) e eu estava com eles.

Alguns meses depois parti para visitar a serra em que Zumbi instalou a capital de Palmares.

No aeroporto Palmares, de Maceió, os pés de cana cercam a pista de pouso. É o cartão de visita do mundo em que você está penetrando. Com uma hora e vinte de carro, sempre em meio a canaviais, se chega ao município de União dos Palmares.

De súbito, após uma curva, a serra da Barriga me apareceu, suavemente azulada e grávida, contra o claríssimo céu equatorial. Há milhões de anos *ela* está lá, pensei; e nossa pobre memória só alcança o que ali ocorreu há trezentos e poucos.

A pequena União dos Palmares é como toda cidade do sertão nordestino; não o sertão distante e árido, *brabo* como dizem aqui, mas o próximo e relativamente pluvioso. Crianças secas, de nariz escorrendo, cortam nosso caminho; esticam a mão para vender ou pedir. Dizem-me que também se pode chegar aqui de trem, vindo do Recife. Mas, de qualquer modo, os canaviais é que lhe abririam passo.

Descubro que as lojas mais importantes daqui (até uma inesperada livraria) se chamam *Zumbi*, *Palmares* ou *Padre Cícero*, este santo cearense que os nordestinos levam consigo mesmo quando vão morar em países antípodas, como a Suécia ou o Japão. Na rodoviária me mostram um mural bonito celebrando a derrota da "Tróia negra".

A serra da Barriga paira sobre a pequena União dos Palmares como a sombra de uma grande árvore. Chega a engolir a memória, que alguns responsáveis locais pela cultura lutam por manter, de Jorge de Lima, o poeta de "Essa negra Fulô", que aqui viveu algum tempo. Todos sabem alguma coisa sobre Palmares e a Serra, mesmo esses tropeiros revestidos de couro que chegam para a feira de sábado.

O garoto que tomei como guia me chama à janela da pensão: "Olha a Barriga!" Assim perto ela não parece azul, mas verde, sitiada pelo exército de pés de cana; continua majestosa, no entanto. Quero partir dentro de meia hora, mas o garoto insiste em me apresentar à rua do *consome-home*.

É a mais movimentada de União dos Palmares, sobretudo em dia de feira. A circulação só diminui na época da entressafra da cana. Algumas mulheres retornam, então, à Maceió; outras passam as noites pegando moscas ao som de guarânias* e boleros* sem grandeza. (É bastante viva a noite de União dos Palmares. Afora a rua do *consome-home*, oferece diversões decentes, como o hábito de ver televisão coletivamente, ao ar livre. Sábado você pode dançar ao som do *isquenta-muié*, banda de pífanos, ou do conjunto *pop* Quilombo dos Palmares.)

Prontos os cavalos, partimos. Na saída de União passamos um rio onde mulheres quase nuas lavam roupa ao lado de meninos barrigudos brincando de mergulhar. Descendo do alto, entre pedrouços, formando diminutas praias de areia amarela, ele se chama ainda, como no tempo de Zumbi, Rio do Macaco.

Diz uma tradição historiográfica que Domingos Jorge Velho, na sua fúria, não deixou em Palmares pedra sobre pedra. Isso tem tão pouco fundamento quanto a versão antiga de que Zumbi teria se atirado, no último instante, de um penhasco da Barriga.

Ainda é possível encontrar, no interior do Brasil, famílias que descendem diretamente de quilombolas. Remanescentes do Quilombo de Valença (RJ).

Encontro aqui alguns velhos moradores que garantem ainda ter visto, aí por 1910, restos da muralha de pedra e pau que defendia a capital palmarina repontarem aqui e ali do verde da mata. Um literato, Povina Cavalcanti, fez, em 1917, uma excursão à Serra e conta no seu diário que chegou também a vê-los.

Que surpresa, porém, tive ao conhecer a pequena praça construída por Antônio, no cocuruto da Barriga! Há dois anos ele começou a catar esses cacos de barro cozido, espalhados como por acaso por toda a Serra, e compôs com eles, pacientemente, o chão da praça que batizou *Zumbi-João Paulo II*. "Há muito mais" — diz ele — "de todo tamanho e qualidade; os moradores daqui é que não dão importância."

Valeria a pena um trabalho de arqueologia na serra da Barriga?

No começo da subida deixamos os cavalos, pois queria subir a pé. Garantiu-me o guia que, sem pressa, gastaríamos uns cinquenta minutos para subir os quase 800 metros, até o topo. "Está vendo por que deram o nome daqui de serra da Barriga?" — zombou ele do meu esforço.

No alto, descobri que estava sobre uma espécie de muralha natural, com largura máxima de uns cem metros e mínima o bastante para dar passagem, apenas, ao mesmo tempo, a dois automóveis. Uma légua e meia de extensão terá essa "muralha", de uma ponta a outra — e que sobe e desce várias vezes, como as costas de um comprido camelo. A Barriga é, antes de tudo, uma maravilhosa posição estratégica: de lá você vê, sem ser visto, todos os caminhos do sertão e do mar.

Na altura da incrível praça Zumbi-João Paulo II, erguida pelo caçador de cacos Antônio João dos Santos, quem descer pela encosta ocidental encontrará uma cacimba.

Na verdade, é uma poça permanente, alimentada por um olho-d'água, feia e barrenta. Era aqui, certamente, a lagoa que aparece em diversos documentos históricos como a principal abastecedora dos negros da Cerca Real do Macaco. Aqui deviam se encontrar, às primeiras claridades da manhã ou à tardinha, os carregadores de água do Macaco; e talvez mesmo os de aldeias vizinhas.

Eu tinha os pés dentro da poça. A meu lado estavam o guia e Antônio João dos Santos, moradores da serra que fora de Zumbi. Primeiro pensei que naquela bacia natural, outrora funda e margem de uma lagoa, deve estar sepultada em forma de objetos a memória dos palmarinos. Em seguida, imaginei o burburinho de mercado, ou de festa, que animou trezentos anos atrás essas pedras e essas árvores em volta.

Por fim, levantando os olhos para a borda da depressão em que nos encontrávamos, senti-me estranhamente personagem do meu próprio sonho.

MÊS DO GALO

Quem são os moradores atuais da serra da Barriga?

São antigos posseiros, ocupantes de pequenas roças que não lhes garantem o sustento, pelo que são obrigados a trabalhar como boias-frias nas usinas próximas. Numa palavra: miseráveis trabalhadores do açúcar. A miséria se revela dramaticamente, por exemplo, na entressafra: entre março e setembro, os operários da cana ficam sem trabalho e sem salário. Setembro é conhecido, em União, como "mês do galo": toda a criação que havia em casa já foi comida, só resta o galo.

Seriam esses posseiros/boias-frias descendentes dos quilombolas do século XVII?

Com a destruição definitiva do Estado palmarino, começou uma feroz disputa entre bandeirantes e nobreza pernambucana e alagoana por aquelas riquíssimas terras. Não se sabe direito quem venceu. Os paulistas, por exemplo, acabaram se instalando onde é hoje Atalaia, enquanto a serra da Barriga propriamente dita foi partilhada entre a nobreza local. Mas isso, *grosso modo*.

Os grandes proprietários e usineiros de hoje devem descender, em geral, daquela nobreza pernambuco-alagoana e daqueles bandeirantes que se partilharam, avidamente, as excelentes terras de Palmares — desde a altura de Viçosa até Serinhaém. No decurso dos séculos, uma que outra família se extinguiu, ou se desligou completamente da terra, ou caiu em desgraça perdendo suas terras para terceiros de melhor sorte... Houve, enfim, provavelmente, de tudo; mas o fato essencial é que, no Brasil, os abastados de hoje descendem por via direta dos abastados de ontem.

Com o povo pobre é diferente.

Para um negro brasileiro atual, por exemplo, é impossível reconstituir sua ascendência aquém do 19º século. Posso dizer quem foi meu bisavô, com dificuldade; mas o pai de meu bisavô, fica absolutamente fora do meu alcance.

Para começar, antes do século XIX, a maioria esmagadora dos negros não constituía família. O menino escravo *não pertence* a quem o gerou, nem lhe recebe o nome. Pertence ao senhor branco, que, por vezes, lhe emprestava um dos seus sobrenomes, ou criava algum para designar indistintamente os seus escravos. (Por exemplo: *dos Santos*. Eram *dos Santos* todos os pretos escravos daquele senhor, mesmo que não fossem parentes entre si.)

Em segundo lugar, como a mortalidade entre os escravos era altíssima, sobretudo antes do século XIX, os negros brasileiros de hoje descendem na sua esmagadora maioria de negros africanos aqui chegados de 1850 em diante. Para trás é o vazio.

Poderia um negro atual — ponhamos por hipótese — se orgulhar de descender diretamente dos palmarinos?

Quase certamente, não.

Há, porém, uma possibilidade única de isso ter acontecido.

Há muitos fatos intrigantes na vida de Zumbi dos Palmares. Um deles é o seu apelido: *Sueca*. Que quereria dizer? Por que motivo o povo miúdo dos engenhos de Alagoas o chamava assim? A que língua pertenceria o vocábulo *sueca*?

Quando se viaja ao encontro do passado é preciso preparar o coração para surpresas, boas ou más. Nas faldas* da Barriga, em terras de uma usina, moram duas "famílias" negras muito antigas. O local se chama Muquém, e seus moradores, que não chegam a quinhentos, fabricam utensílios de cerâmica — belos, na sua simplicidade — que vão vender em União, nas feiras de sábado.

Maria de Lourdes, com uma penca de filhos lhe puxando a saia encardida, me conta que já morou em São Paulo, *já trabalhou como gente, agora vive suja e é junta com um apanhador de cana que aparece aos sábados*. Nunca mais sairá de Muquém.

Dona Maria Cassimiro é que me conta como se vive aqui. Cada preto, casado ou solteiro, cultiva seu pedaço de roça; plantam de tudo, inclusive um pouco de cana; as mulheres fazem cerâmica para a feira; alguns homens se empregam ocasionalmente nas usinas, por dia ou semana.

De quem é a terra de Muquém? A terra é das duas "famílias", os Pereira da Silva e a de dona Justina, que a receberam dos pais, que a receberam dos avós. É tudo quanto sabem. Mesmo dona Maria Cassimiro, que contou os próprios aniversários até o 103º (*depois cansou*), desconhece o que se passou antes — de onde vieram os antepassados, se foram escravos etc.

Muitos usineiros negam o fato elementar de que as terras de Muquém pertencem a essas duas famílias de pretos: Muquém está sitiada pelos pés de cana e de boi. Os que o aceitam, tratam de comprá-las aos pedaços, a preço de banana, desmembrando a comunidade negra, atraindo seus homens para o corte da cana, empurrando as mulheres para a rua do *consome-home*, em União.

Esses pretos sitiados de Muquém seriam descendentes de Palmares?

Provavelmente, não. Quando o exército coligado de soldados e bandeirantes invadiu a Cerca Real do Macaco, os poucos sobreviventes capturados foram vendidos para bem longe de Alagoas e Pernambuco. As autoridades determinaram uma limpeza completa da região — para que nela se instalassem mais tarde, com novos pretos e com índios, os "legítimos" proprietários. (Quem eram, na verdade, esses "legítimos" proprietários era outra questão. Bandeirantes, militares e aristocratas alagoanos começaram, então, uma longa disputa pelas ricas terras de Palmares.)

Se sabe que um pequeno número de palmarinos escapou com vida do ataque final. Havia deixado a fortaleza antes da madrugada de 6 de fevereiro, ou se esgueirara, com Zumbi, pela beira do precipício que a contracerca de Jorge

Velho não fechou. Seriam os atuais moradores de Muquém descendentes remotos — afinal se passaram 300 anos — daqueles pretos sobreviventes?

Dona Maria Cassimiro e seu Francisco Pereira da Silva, que guardam a memória do grupo, não podem responder. O que aprenderam dos mais velhos, quando crianças, vai somente até o dia em que *gritaram libertação* (13 de maio de 1888): alguns pretos saíram de onde estavam, vieram morar no sopé da Barriga e chamaram aqui de Muquém; esses são seus ancestrais. De lá para cá viveram quatro gerações.

Me disseram também conhecer a enorme pedra de onde o negro Sueca caiu com sua gente, no último instante da guerra contra os brancos. Eu deveria visitá-la e se me sobrasse tempo conhecer Manu.

Folga, nego, branco não vem cá,
Se vié, pau há de levá.
Folga, nego, branco não vem cá,
Se vié, o diabo há de levá.

A segunda vez em que fui a Palmares, atrás do quilombo perdido, assisti na praça central de União a um folguedo curioso.

Havia um cenário: pés de mamoeiro, dois troncos de palmas de ouricuri — o da esquerda para o rei, outro para a rainha. Havia orquestra (*isquenta-muié*): um zabumba, uma caixa, pratos e pífanos. De um lado se enfileiravam os *Negros*, isto é, brincantes que se faziam de negros. De outro, os que se faziam de *Caboclos*.

Estavam todos espalhafatosamente vestidos. Os *Negros*, nus da cintura pra cima, com calças azuis atadas com faixas de cetim também azul. O Rei e o Embaixador, de calções brancos, peitoral azul recamado de espelhos, manto azul bordado, meias como se fossem jogar futebol, sapatos com fivelas douradas. O Rei, além disso, levava uma coroa dourada e da cinta lhe pendia uma espada longa, em cujo copo amarrou um par de luvas engomadas.

Os que iam brincar de *Caboclos* (índios), tangas de penas, braços e pernas enfeitados de penas, dentes de animais no pescoço, arco e flecha nas mãos, peitos nus lambuzados de ocre. O Rei dos *Caboclos*, empenachadíssimo: cocar, braços e pernas e cintura enfeitados, um tacape na mão direita.

Um dos traços da musicalidade africana mais assimilados pelo Brasil é o gosto pela percussão. Ensaio do Bloco Afro Olodum, em Salvador (BA).

Os *Negros* começaram a cantar, acompanhados pelo *isquenta-muié*:

Folga, nego, branco não vem cá...

O que se seguiu foi um balé difícil de entender para quem não é do lugar. *Negros* e *Caboclos* se entrecruzavam, negaceavam, ameaçavam com armas e com estrofes cantadas — na verdade, meio cantadas, meio ditas, como é comum nos folguedos do Nordeste. Houve, por fim, a penetração do mocambo dos negros pelos caboclos, troca de embaixadas, novos avanços e recuos. Até que foi capturada a Rainha dos *Negros*.

Era uma menina branca, vestido branco, muito alinhado, blusa de cetineta também alva, capinha azul de arminho, coroa dourada na cabeça, luvas e sapatos delicados. A que representou aquele dia, em União, teria uns doze anos.

A captura da Rainha liquidou a resistência dos *Negros*. Os *Caboclos* começaram, então, a *vendê-los* — foi o que imediatamente entendi — aos assistentes, por pequenas quantias, simbólicas. Depois, o *isquenta-muié* atacou mais forte, e o *Quilombo*, como chamam aqui ao folguedo, foi se encerrando.

Eu olhava a Serra, de tempos em tempos, por sobre a tocante brincadeira. (Alguém me diz que o *Quilombo* se costuma brincar, em toda a região, e até em Maceió, um pouco mais tarde, na véspera do Natal. Naquele ano de 1982, em União, por qualquer motivo fora antecipado.) Sentia, mais forte do que da primeira vez, a atração da Serra. Eu ia conhecer a Pedra do Sueca e talvez quem sabe encontrar Manu.

Folga, nego, branco não vem cá,
Se vié, pau há de levá.

Eu não estava só, na segunda visita a Palmares.

O convite a movimentos negros de todo o país para uma peregrinação à serra da Barriga, no dia 20 de novembro (287º aniversário da morte de Zumbi) fora amplamente atendido. Havia representações de quase todos os Estados. O que mais alegrou, porém, os organizadores da caminhada, foi a adesão da população local, até então cerimoniosa e arredia.

Da Bahia chegaram doze ônibus com gente de blocos e afoxés. Estavam cansadíssimos e empoeirados, mas logo coloriram as ruas de União com suas

batas, suas tranças, sua inconfundível maneira de rir e mexer o corpo. Uma parte dos moradores se mostrou insegura nas relações com aqueles "invasores", mas outra, a juventude e os boêmios da rua do *consome-home*, confraternizou imediatamente. A maioria das lojas e bares fechou as portas, precavida; as que ficaram aberta esgotaram cedo o estoque de cerveja.

Atabaques acordaram, trezentos anos depois, os ecos da Barriga.

Fomos à antiga lagoa, molhar os pés no que sobrou. Seriam por volta de cinco da tarde. Restos de sol pousavam nas bordas daquela espécie de anfiteatro natural — ou de cratera lunar — que fora, no tempo de Zumbi, o ponto de encontro dos moradores do quilombo.

Seríamos uns cinquenta negros, uma dezena de brancos e um índio. (Percebo, de repente, como soa falso chamar de *índio* um descendente dos verdadeiros *donos* da terra!) Estávamos concentrados nas explicações de um historiador, conhecedor meticuloso da serra, e levemente emocionados.

Só lhe notamos a presença quando ele chegou a uns 30 metros. Vestia inteiramente antiquado e esta era a coisa mais notável nele. Trazia chapelão e portava uma estranha arma (soubemos depois que era um arcabuz), do jeito como costumam portar os recrutas em exercício, na vertical, contra o ombro direito.

Suas botas de cano alto pisavam com força, esmagando o mato. Vinha em nossa direção e instintivamente começamos a lhe abrir caminho. Como conseguira descer até a cacimba por aquele lado da depressão? Não enxergávamos qualquer caminho por ali. Só então notamos que trazia uma garota pela mão, de seus dez anos, ou menos. Tão óbvia era a sua presença que tudo respirava ao compasso da respiração dele, e era um homem grande e vermelho.

Bem perto do grupo, parou. Socou pólvora no cano da arma insólita. Fez pontaria por cima de nossas cabeças, largando um instante a mão da menina. Agia calmamente, como se estivesse só. O tiro foi seco e levantou uma pequena nuvem azulada.

O gigante — quem quer que fosse era um gigante — sorriu, agarrou a mão da pequena e, sem nos ver, passou pelos negros em volta da cacimba. Esmagando gravetos com suas botas cambaias,* foi na direção do tiro.

Às margens da lagoa dos Negros, na serra da Barriga, os quilombolas celebravam seus ritos religiosos. Ao centro, um ocam africano, árvore considerada sagrada e por isso plantada nesse local de culto.

HERDEIROS DE ZUMBI

— Aqui na Serra moram diversos fantasmas. E alguns exus.

Quem me informa é João Dozinho, bóia-fria de usina, 23 anos, completamente desdentado. Previne que vou precisar de paciência para abordar Manu, uma combinação das duas entidades.

Manu é um andarilho incansável. Dizem que nunca ninguém o viu sentado ou deitado. Apoiado num cajado, mas nem sempre, aparece nos mais distantes lugares — na casa de farinha de Muquém, no pátio das usinas, na feira ou na estação de União, na praça Zumbi-João Paulo II, que seu Antônio construiu de cacos de barro. De tempos em tempos some, provavelmente escondido em matos e grotas que só ele conhece. Os posseiros da serra da Barriga o consideram, unanimemente, o único senhor dela.

Acabei por encontrá-lo casualmente.

O bloco Ilê-Aiê, de Salvador, fazia evoluções na praça principal de União. A pequena cidade nunca vivera uma noite assim. Aglomerados na porta de um bar, vimos chegar um mendigo, o pequeno rosto escuro quase perdido entre os cabelos, os pés enormes e redondos. Olhou para dentro e disse para ser ouvido (embora falasse baixo):

— Eu sabia que esses herdeiros de Zumbi vinham tomar posse do que é seu.

É difícil reproduzir aquela primeira conversa que tivemos com Manu. Havia muito barulho de festa, e ele ficava longo tempo ausente, como os delirantes e os profetas. A maior parte do que disse não tinha relação visível com nada que soubéssemos. Não bebeu. Recusou, também, várias ofertas de comida. Somente olhava, às vezes, encantado com a multidão de negros que invadira União dos Palmares, trezentos anos depois.

Naturalmente partiu sem se despedir.

Alguns dias depois me lembrei de repente de uma frase. Não sei se a ouvi de Manu, que guardou a serra da Barriga para entregá-la aos herdeiros de Zumbi. Talvez algum orador comovido a tivesse inventado, na tarde daquele 20 de novembro. Penso no sonho que tive, antes de conhecer Palmares pessoalmente; e no fantasma de Jorge Velho, que atirou sobre nossas cabeças à beira da cacimba. E não sei bem que dose de real tem tudo isso.

A memória de um guerreiro como Zumbi só morrerá se o desejo de ser livre um dia desaparecer. Praticantes de capoeira na Bahia.

Embora seja este um livro de história, a verdade é que é assim.
Eis a frase:
— Zumbi só morrerá se algum dia os negros o matarem.

DOIS LIVROS E DOIS FILMES

Décio é um gaúcho grande e ruivo. Tem o físico daqueles missionários americanos que antigamente vinham ao Brasil pregar o evangelho e fundar igrejas obscuras. Quando o conheci, em 1980, na serra da Barriga, andava coxo — exatamente como Zumbi dos Palmares, após o combate de 1676 nas proximidades do Macaco.

Soube que a sua paixão por Palmares vinha de 1965.

Um bom número de brasileiros vivia, então, exilado em diversos países; eu mesmo morei um ano em Santiago do Chile, onde fui apresentado ao índio Caopolican, zumbi araucano. O interesse por Palmares, me contou Décio, lhe fora despertado, em parte, por um filme de Cacá Diegues, *Ganga Zumba*, que assistiu exilado (ou terá sido antes?) em Montevidéu.

É comum se descobrir o Brasil quando se está longe dele.

Esse filme de Cacá Diegues causou sensação há mais de quarenta anos. Pela primeira vez apareciam na tela uma gesta* e um herói negros. O filme se baseia no romance homônimo, que envelheceu rapidamente, de João Felício dos Santos. De lá para cá aprendemos mais acerca de Palmares do que todas as gerações anteriores juntas e, apesar disso, o filme ainda se vê com prazer.

Em Montevidéu, Décio Freitas trabalhou pacientemente sobre os poucos livros e documentos diponíveis a respeito de Palmares. A maior dificuldade era que os próprios quilombolas, como os índios, nunca escreveram nada. Que nomes davam eles próprios, por exemplo, às suas aldeias? Conhecemos nada mais que os nomes portugueses; e, mesmo assim, maltranscritos.

Em 1971, finalmente, o historiador exilado, cara de missionário ianque, publicou *Palmares — la guerrilla negra*. Era tão bom, que os censores uruguaios prestaram um serviço aos colegas brasileiros: queimaram-no.

Quando em 1973 saiu a edição brasileira, o autor talvez já se sentisse insatisfeito com o livro. Foi a Portugal ler os papéis que guardam a história completa de Palmares e de Zumbi: cartas pessoais de contemporâneos (como as daquele padre Melo de Porto Calvo, que ganhou Zumbi de presente), fés de ofício de militares, petições, relatórios de autoridades etc.

Essa leitura não foi trabalho leve. Quem consegue entender, da primeira vez, uma certidão passada por tabelião atual? Imagine a sintaxe, o vocabulário, a prosódia e o estilo de um troca-tintas que viveu há mais de quatrocentos anos! Depois de decifrar, é preciso datar, cotejar, interpretar — este maçante trabalho a que chamam *paleografia*. É como se você estivesse sentado num canto polindo uma pequena pedra; pronto o polimento, é hora de encaixá-la no lugar certo; no lugar certo e não em outro. O conjunto dessas pedras forma o mosaico que convencionamos chamar de *História*.

Em 1984, finalmente, apareceu a 5ª edição de *Palmares — a guerra dos escravos*, que Décio Freitas considera definitiva. Na etapa paleográfica, o historiador procedeu como um investigador de polícia (*polícia científica*, não a da tortura), toda sua energia à caça do criminoso. Entregando aos leitores a edição final, faz como o juiz que profere a sentença: à vista do que pudemos apurar, *é isto*.

Este meu *Zumbi dos Palmares* se baseou essencialmente no livro de Décio Freitas, como, aliás, deve acontecer com qualquer outro que trate desse tema. É talvez o melhor reconhecimento que se pode prestar a uma obra (aí está, a meu ver, a característica principal dos "clássicos").

Não me senti, assim, inibido de tomá-lo como fonte e roteiro. Mas acho que preservei a originalidade do meu relato e das minhas interpretações.

Devo, enfim, fazer justiça ao livro *O quilombo dos Palmares*, de Édison Carneiro.

Édison foi um sábio da história e cultura do negro brasileiro. Seu livro, publicado em 1965, embora um pouco envelhecido, continua bom de ler, sobretudo nas páginas em que descreve a vida cotidiana palmarina e os sucessos da guerra.

Há, enfim, um segundo filme de Cacá Diegues sobre Palmares. Ele voltou ao tema, vinte anos depois, com uma quantidade muitíssimo maior de informações. A quantidade não é tudo, porém. Para realizar o seu *Quilombo*, em 1984, o cineasta teve à sua disposição recursos financeiros e técnicos com que não podia sonhar em 1964.

Por outro lado — e isto é mais importante que tudo — o Brasil e o mundo mudaram bastante nestes últimos vinte anos. Temos hoje um descortínio do nosso próprio passado bem diverso do de antes. Nossa vista alcança muito mais fundo, agora, fenômenos como o escravismo moderno em geral e brasileiro em particular; o colonialismo e as guerras de libertação colonial; as relações raciais entre brancos, negros e índios, e assim por diante.

O *Quilombo* de Cacá Diegues é fruto, em parte, desse grande avanço. Penso que o maior mérito desse filme — que serviu de inspiração também a esta minha biografia de Zumbi dos Palmares — é apresentar o *negro quilombola como portador da utopia*, numa sociedade patriarcal e racista como ainda é a nossa. Utopia: desejo sem fim de uma sociedade livre e igualitária no reino deste mundo.

PALMARES E O MUNDO DO AÇÚCAR

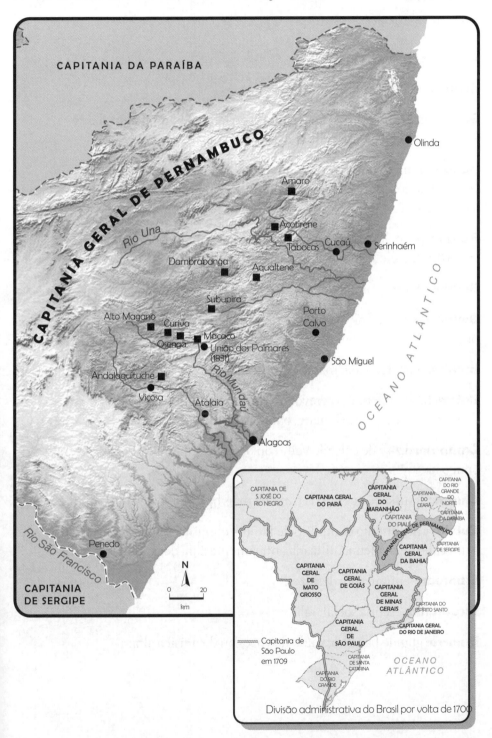

GLOSSÁRIO

Assestar: disparar; desferir.

Assistir: residir, morar.

Bacamarte: antiga arma de fogo de cano largo e extremidade aberta em forma de sino, para facilitar o carregamento da munição.

Bando: anúncio público; proclamação. Dessa palavra deriva o termo "contrabando", que significava, em sua origem o ato de desobedecer a um decreto.

Batavo: povo de origem germânica que, na antiguidade, fixou-se na região onde hoje se localizam os Países Baixos.

Bolero: gênero musical popular espanhol, cantante e dançante.

Bouba: doença tropical contagiosa, caracterizada por lesões da pele; pústula ou tumor de pele.

Brenha: mata fechada; matagal; selva.

Butim: bens materiais, escravos ou prisioneiros que se conquista do inimigo durante um ataque, batalha ou guerra.

Cambaio: diz-se de calçado velho ou daquele cujos saltos se desgastaram com o uso.

Chusma: grupo de pessoas da camada mais baixa da sociedade; populacho.

Cutelo: instrumento composto de lâmina cortante, semicircular, fixada a um cabo de madeira, utilizada antigamente para decapitações.

Esboroar: reduzir a pó; desfazer.

Escumalha: escória social; ralé.

Esporro: grande barulho; ruído de vozes ou de música alta.

Estrepe: artefato pontiagudo, de ferro, madeira ou outro material, que durante guerras era colocado em fossos ou valas para dificultar o avanço do inimigo.

Falda: base de colina, serra etc.; sopé.

Fé de ofício: prontuário; narração da vida pública ou funcional de uma pessoa, desde que foi admitida num cargo ou emprego.

Gesta: acontecimento ou conjunto de acontecimentos históricos.

Gualteira: tipo de capuz, de couro ou malha.

Guarânia: balada de andamento lento característica da música paraguaia.

Indultar: suavizar a pena ou castigo.

Mandriar: não trabalhar ou não estudar por preguiça.

Miasma: emanação que se acreditava, antes das descobertas da microbiologia, ser a responsável pela contaminação de doenças infecciosas e epidêmicas.

Pelouro: bala de pedra ou de metal utilizada em canhões antigos.

Pua: ponta aguda de objeto.

Redente: ressalto de distância em distância em muro construído em terreno inclinado.

Terço: corpo de tropas dos exércitos português e espanhol dos séculos XVI e XVII que hoje correspondente ao regimento.

Tirocínio: capacidade de discernimento.

Torneira: buraco feito em muralha para permitir o tiro, talvez assim denominado por servir, também, para escoar água.

Troca-tintas: mau escritor; escriba; notário.

Valhacouto: abrigo; esconderijo; refúgio.

BIBLIOGRAFIA

OBRAS INFANTO-JUVENIS DO AUTOR

A botija de ouro. 7ª. ed. São Paulo: Ática, 1999.
Encenado pela Companhia de Teatro in Black & Preto – espetáculo premiado no 2º. Festival de Inverno de Santa Teresa, Teatro Duse, Rio de Janeiro, 1998.

A pirilampeia e os dois meninos de Tatipurum. 13ª. ed. São Paulo: Ática, 2000.

Aventuras no País do Pinta-Aparece. São Paulo: Círculo do Livro, 1982.

Cururu virou pajé. São Paulo: Ática, 1984.
Selecionado para o Programa "Livros Animados" – FNLIJ/ Canal Futura de Televisão.

Duas histórias muito engraçadas. 2ª. ed. São Paulo: Moderna, 2003.
Selecionado para o catálogo da FNLIJ – Feira de Bolonha 2003.

Dudu Calunga. 5ª. ed. São Paulo: Ática, 1997.

El sabor de África – Historias de aquí y de allá. Trad. Lourdes Hernández Fuentes. México: Global, 2003.

Gosto de África. 3ª. ed. São Paulo: Global, 2001.
Selecionado para o catálogo da FNLIJ – Feira de Bolonha 2001.

História de Trancoso. 11ª. ed. São Paulo: Ática, 1999.
Selecionado para o Programa Nacional Biblioteca da Escola, 1999.

Ipupiara, o Devorador de Índios. 5ª. ed. São Paulo: Moderna, 1989.

Mania de trocar. 21ª. ed. São Paulo: Moderna, 1997.

Marinho, o marinheiro. São Paulo: Círculo do Livro, 1982.
Adaptado para teatro por Renato Perré – Teatro Filhos da Lua, Curitiba, Paraná, 1985.

O burro falante. 11ª. ed. São Paulo: Moderna, 1997.

O caçador de lobisomem. 9ª. ed. Rio de Janeiro: Salamandra, 1986.
Selecionado para o catálogo FNLIJ – Feira de Bolonha.
Representado em teatro de bonecos, TVE, Rio de Janeiro.

O curumim que virou gigante. 10ª. ed. São Paulo: Ática, 2000.
"Altamente recomendável" – FNLIJ, 1980.
Premiado com o selo de ouro "O melhor para a criança" – FNLIJ, 1980.

O curupira e o espantalho. São Paulo: Abril/Instituto Nacional do Livro, 1979.

O grande pecado de Lampião e sua peleja para entrar no céu. Rio de Janeiro: Antares, 1987.

O noivo da cutia. 9ª. ed. São Paulo: Ática, 1998.
Prêmio Jabuti da Câmara Brasileira do Livro "Melhor Produção Editorial".

O presente de Ossanha. São Paulo: Global, 2000.

O saci e o curupira. 9ª. ed. São Paulo: Ática, 2000.

O saci e o curupira e outras histórias. São Paulo: Ática, 2002.

O soldado que não era. 31ª. ed. São Paulo: Moderna, 2000.

Quatro dias de rebelião. 2ª. ed. São Paulo: FTD, 1992.

Rainha Quiximbi. 4ª. ed. São Paulo: Ática, 1997.

Uma estranha aventura em Talalai. 8ª. ed. São Paulo: Global, 1998.
Prêmio Jabuti, São Paulo, Câmara Brasileira do Livro, 1980.
Lista de Honra do IBBY, 1980.
"Altamente recomendável" – FNLIJ, 1980
Selecionado para o catálogo FNLIJ – Feira de Bolonha, Itália.

Uma festa no céu. 5ª. ed. Belo Horizonte: Miguilim, 1995.

Aldeamentos originados de quilombos remetem à lembrança de uma utopia libertária: o ideal de paz e igualdade. Comunidade quilombola de Laje dos Negros, na Bahia.

CRÉDITOS DAS FOTOS E MAPAS

Capa: "Jumping Silhouette"
James & Jack Neill

p. 13: Candomblé, Festa de Xangô, São Paulo
Cythia Brito / OLHARIMAGEM

p. 19: Vista do alto da serra da Barriga
Eduardo de Almeida Navarro

p. 23: Construção de casa em mutirão comunitário. Heliópolis, São Paulo.
Juca Martins / OLHARIMAGEM

p. 35: População de crianças negras na Ilha da Maré.
Juca Martins / OLHARIMAGEM

p. 60: Remanescentes do Quilombo de Valença (RJ)
Leonardo Aversa / Ag. O Globo

p. 65: Ensaio do bloco Afro Olodum, Salvador (BA)
Stefan Kolumban / OLHARIMAGEM

p. 66: Lagoa dos Negros
Eduardo de Almeida Navarro

p. 69: Capoeira
Stefan Kolumban / Pulsar

p. 78: Comunidade quilombola de Laje dos Negros
Adriano Gambarini / OLHARIMAGEM

p. 73: Mapa "Palmares e o mundo do açúcar"
Sônia Vaz

p. 73: Mapa do Brasil
Istoé Brasil 500 Anos – Atlas Histórico
São Paulo, Grupo de Comunicação Três S/A, 1998

Joel Rufino dos Santos nasceu em 1941, na cidade do Rio de Janeiro. Fez parte dos estudos secundários pagos por seu próprio trabalho e ingressou no curso de História da Faculdade Nacional de Filosofia (1960). Atualmente leciona Literatura Brasileira na Faculdade de Letras da maior universidade do país, a Federal do Rio de Janeiro.

Sua obra geral ultrapassa cinquenta livros, entre estudos históricos, de ciência política, romances e contos. Sua literatura para crianças e jovens, sempre muito apreciada pela crítica especializada e diversas vezes premiada, alcançou expressivas tiragens e numerosas reedições. Do começo na revista *Recreio* (final dos anos 1960), até o último livro (*Gosto de África*) foram dezenas de histórias com um fundo comum: a fabulação de origem popular, especialmente negra e ameríndia.

A fidelidade à cultura popular tem correspondência na sua vida pública. Joel Rufino ocupou diversos cargos públicos relacionados com a defesa de populações desfavorecidas, direitos humanos e crianças em situação de risco: subsecretário Estadual de Defesa e Promoção das Populações Negras, superintendente de Cultura, subsecretário de Justiça e Direitos Humanos e outros.